おかしな転生

XVIII

復活の卵〜イースター・エッグ〜

古流 望
NOZOMU KORYU

TOブックス

ERS

モルテールン家

ペイストリー
末っ子。領主代行。寄宿士官学校の教導員を兼任中。最高のお菓子作りを夢見る。

アニエス
ペイスの母。子供たちを溺愛する子煩悩な性格。

カセロール
ペイスの父にして領主。息子のしでかす騒動に悪戦苦闘の毎日。

リコリス
フバーレク辺境伯家の四女。ペイスと結婚。ペトラとは双子。引っ込み思案な性格。

モルテールン領の人々

シイツ
モルテールン領の私兵団長にして、従士長。

デココ
元行商人。モルテールン家お抱えのナータ商会を運営している。

ラミト
外務を担う従士。期待の若手。

ニコロ
財務担当官。金庫を任される苦労人。

CHARA

レーテシュ伯爵家

セルジャン
オーリヨン伯爵家の次男。レーテシュ伯と結婚した。

レーテシュ
王国屈指の大領地を治める女傑。三つ子の娘たちを出産した。

聖国

ビターテイスト
聖国一の魔法使い。真面目な堅物でお菓子が苦手。ペイスの天敵となる。

リジィ
年若い聖国の魔法使い。能力の相性からビターとセットにされる。じゃじゃ馬娘。

ボンビーノ子爵家

ウランタ
ペイスと同い年ながらボンビーノ家の当主。ジョゼフィーネに首ったけ。

ジョゼフィーネ
モルテールン家の五女。ペイスの一番下の姉。ウランタの新妻。

ニルダ
元傭兵にして現ボンビーノ家従士。通称、海蛇のニルダ。

カドレチェク公爵家

スクヮーレ
カドレチェク公爵家嫡孫。垂れ目がちでおっとりとした青年。ペトラと結婚した。

ペトラ
フバーレク家の三女でリコリスの双子の姉。スクヮーレと結婚した。明るくて社交的な美人。

コウェンバール伯爵家

コウェンバール伯爵
外務閥の重鎮。カドレチェク公爵とは、時に手を結ぶ盟友、時に暗闘を繰り広げる政敵。

スラヴォミール
農政担当官。アライグマ系男子。

フバーレク辺境伯家

ルーカス
地方の雄として君臨するフバーレク家の当主。リコリス・ペトラの兄。

王家

カリソン
第十三代神王国国王。カセロールを男爵位へと陞爵させた。

CONTENTS

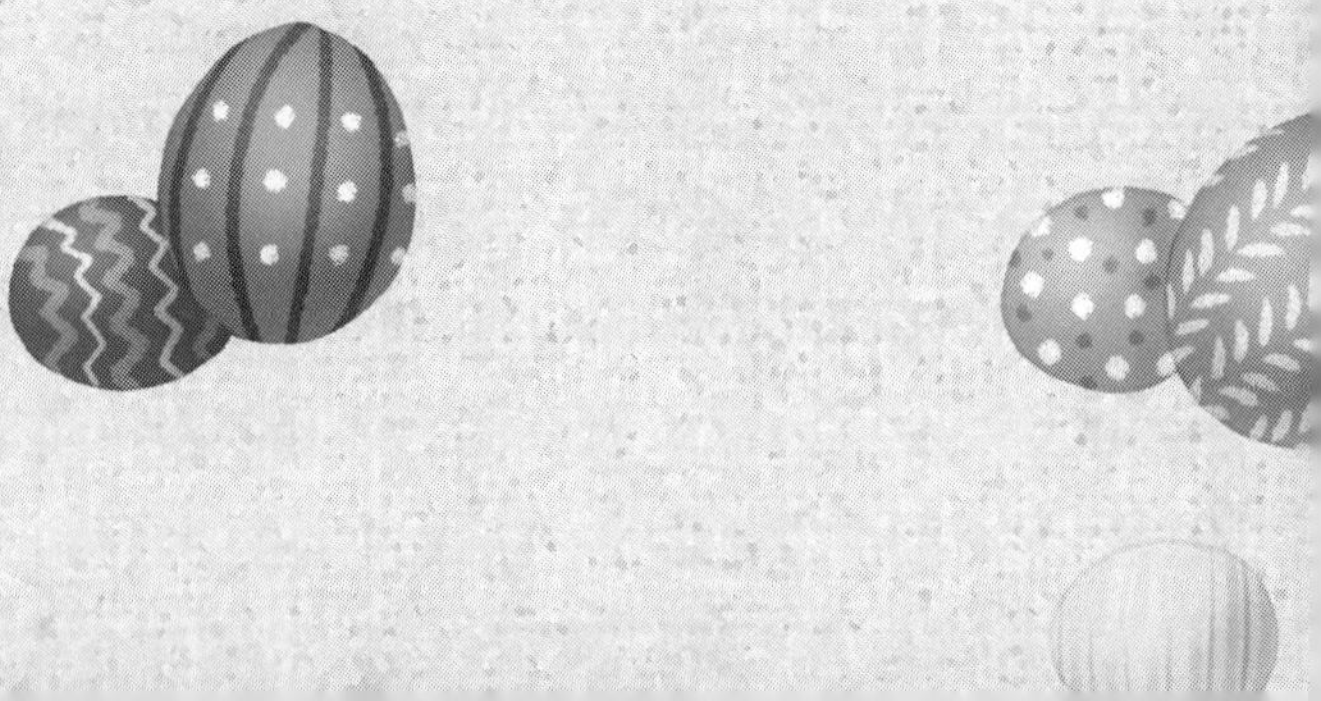

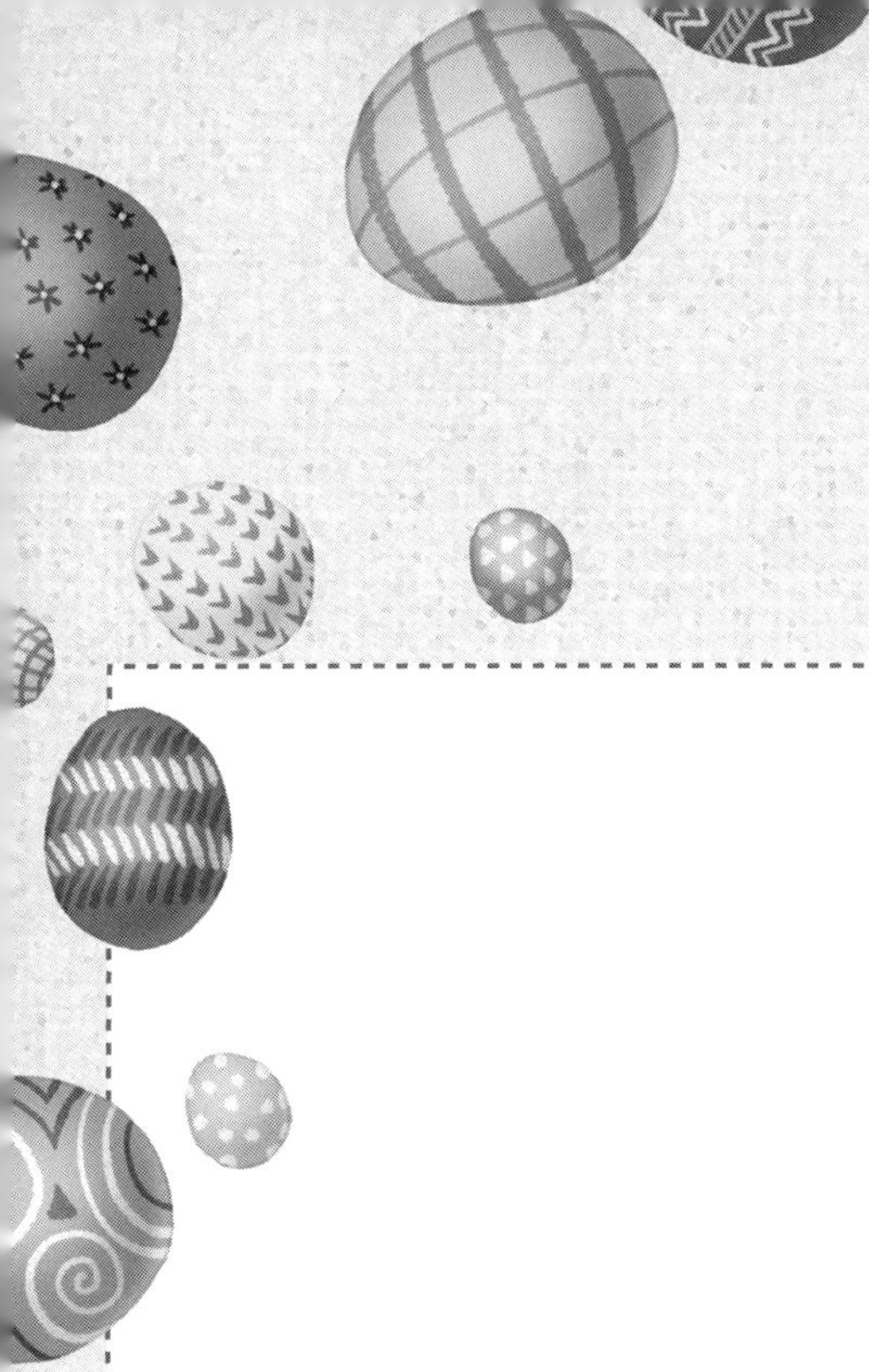

TREAT OF REINCARNATION

イラスト:珠梨やすゆき YASUYUKI SYURI

デザイン:ヴェイア Veia

第二十八章

復活の卵～イースター・エッグ～

冬の社交

冬も盛りの金央月《きんおうつき》。南大陸では比較的平均気温が高い神王国にあっても、寒い季節は気温も下がるもの。寒風の吹きすさぶ中にあっては、人々は暖《だん》を求めて屋内に集まる。貴賤《きせん》を問うことのない、生存本能のようなものだ。

今年は閏《うるう》の年でもある。金央月も例年より一日多い六日あるのだが、それだけに社交が最も華やかになる月でもあった。

特に王都では宮廷貴族を中心として、屋敷の中で暖を取りつつ行われる、社交の催《もよお》しが数多く企画されている。

お茶会や食事会、祝いのパーティーや親睦の会合、音楽鑑賞や観劇の催しなど、何かにつけて人を集めては交流に力を入れるのだ。

カセロール＝ミル＝モルテールンも貴族として、また中央軍に役職を持つ軍人として、いろいろな社交に呼ばれている。勿論《もちろん》招待の多くが打算ありきのものであり、カセロールとしては片《かた》っ端《ぱし》から断りたいのが本音なのだが、そうは言っても貴族である以上外せない社交というものも存在する。

今日はその中でも重要な、軍家閥《ぐんかばつ》の年初会合であった。

「我々の結束と繁栄を祝い、乾杯!!」

王都にあるカドレチェク公爵家別邸で催される懇親会《こんしん》。乾杯の音頭《おんど》を取ったのは当然ながら、当代のカドレチェク公爵だ。威風堂々、衆目を集める中での乾杯の挨拶に、一同が同じく乾杯と唱和して杯を軽く持ち上げた。乾杯が終われば、懇親会のスタートとなる。

会が始まる前であれば、人の集まり方は個々人の縁故《えんこ》による小集団だ。知り合いを見つけたところで声を掛け、当たり障りのない雑談や、お互いの近況を報告しあう感じだろうか。友達付き合いと呼ぶものに近いかもしれない。軍家閥の主流派の集まりだけに、戦友同士という関係もそこそこある。久しぶりに見かけた戦場の友に声を掛け、まだ生きていたのかなどと軽口を叩きあう和気あいあいとした雰囲気。

しかし、会が始まれば貴族として大事な仕事が始まる。乾杯が終わり、まず行われるのは重要人物への挨拶《あいさつ》だ。

今回の会合で真っ先に人だかりのできた場所は三か所。

一つは、現カドレチェク公爵夫妻の居る場所。

乾杯の挨拶の後に、真っ先に声を掛けようと派閥の連中が集まってくる。いわば親分に対して子分が義理を果たしに行く場面だ。会に参加しておいて公爵に挨拶もしないとなれば、いろいろと不利益も生まれるわけで、お行儀よく順番に挨拶をする。

会合が行われるとなればどこの場でも見られる光景であり、極々《ごくごく》基本的なもの。主催者が参加者に挨拶して回るケースもあるのだが、明確な上下関係があるのならば目下が気遣って先んじて挨拶に顔を出す。

お義理で参加した人間などは、主催者への挨拶が終わればさっさと帰ったりもするので、これはこれで顔ぶれを見ておくのも大切なことである。

もう一つは、前カドレチェク公爵と公爵家嫡子夫妻が居る場所。

公爵家の身内として参加している彼らは、わざわざ当代の公爵へ挨拶に出向く必要がない。その為《ため》、主催者とは少し離れたところで談笑する。

先代の公爵として普段は領地に居る老人と、その孫夫婦。現公爵に挨拶するのが義務と利益の為とするならば、先代と次代に挨拶するのは義理と保険だ。

代替わり以前から公爵家と繋《つな》がりのある、ある意味で身内に近い立ち位置の人間は、先を争って当代へ挨拶する必要もない。故に、旧交を温める意味で前公爵に挨拶したり、或いはこれからのことを見据えて次代に挨拶するわけだ。

ある意味で、ここに集まっている人間こそが公爵派の肝《きも》ともいえる。見過ごせない連中であり、要チェックが基本だ。

そしてもう一つ。

ここ最近では噂《うわさ》にならない日がないとまで言われる、モルテールン〝子爵〟夫妻の居る場所。

軍家としては新興の家ではあるが、モルテールン家といえば稀代《きだい》の英雄が二代続けて存在する家。今、神王国では最も勢いのある家ともいえるだろう。ここに挨拶に来る連中は、打算と恐怖に動かされている。

打算の部分は分かりやすい。上昇気流に乗ってぐんぐん勢いづいているモルテールン家に少しでも近づき、追い風の恩恵を受けようとしているのだ。唸《うな》るほどの金を持ち、領地は拡張に次ぐ拡張。建築資材や消耗品などは、有れば有っただけ売れるというのが現在のモルテールン領である。家中だけを見ても人材は常に不足していて、何がしかの手伝いをするだけでも気前よく報酬を払ってもらえる。ここで自家を売り込めないようでは、むしろ無能であろう。

では恐怖の部分とは何か。それは、敵に回すことの恐ろしさということだ。

モルテールン家といえばカセロールが家を興《おこ》してから三十年にも満たない。しかし、彼らが為《な》してきた業績の数々は枚挙に暇《いとま》がない。

少数精鋭を謳《うた》われ、一人でも一軍に匹敵するといわれたカセロールを筆頭に、ドラゴンを倒したペイスや、未来をも見通すといわれるシイツ従士長も居る。下手に機嫌を損ねて敵に回し、潰《つぶ》れていった家も実例として存在するのだ。

だからこそ、多くの貴族はモルテールン家に対し、ご機嫌を取ろうとする。

先ごろ男爵位から子爵位に陞爵《しょうしゃく》したばかりで、祝い事の口実は十分だ。口を開けばお祝いの言葉、顔を見れば揃って笑顔、どれもこれも判を押したように同じである。

ここに集まる連中は機を見るに敏《びん》、先を見据えた要領の良さを持ち合わせているわけで、顔ぶれの確認は必須であろう。

「なかなか人気ですな。私もぜひ挨拶させてもらいたい」

怒濤《どとう》の挨拶攻勢も小康状態になったところで、一人の男性がカセロールに声を掛けてきた。

エーベルト＝エッカール＝ミル＝ヴェツェン子爵。カセロールとは軍の同僚と呼べる人物である。

軍家閥の中では内勤を主としていて、参謀の任に就く重鎮。

何かにつけて金を出し渋る内務系の宮廷貴族との口喧嘩や、自分の手柄の為に足を引っ張ってくる諸外国担当の外務貴族との罵り合いを任されている、早い話が頭脳労働担当だ。

何かといえば力ずくで解決しようとする、脳筋の割合が極めて高い軍家閥にあっては数少ない知性派であり、カドレチェク公爵の懐刀ともいわれる重要人物。

勿論当人の実力的に軍を率いて戦うこともできるのだが、それ以上に大軍を指揮する公爵の補佐こそ自分の仕事と公言している、ガチガチのカドレチェク公爵派である。

「これはこれは、ヴェツェン子爵。閣下自らとは恐縮の次第」

カセロールが手を胸に当てて挨拶する。

同僚とはいえ先任はヴェツェン子爵のほうなので、カセロールから先に挨拶するのが自然な態度というものだ。

慇懃《いんぎん》に礼を交わす、貴族社交の常識的なやり取り。

「いやいや、中央軍の末席に座る身として、中央軍の重鎮たるモルテールン卿に挨拶もせぬでは失礼になりましょう」

「軍においては私は新参です。中央軍の参謀たるヴェツェン卿には私から挨拶に出向くべきでした。無作法をお許し願いたい」

「先ほどからの人気を鑑みれば致し方なき事。お気になさらず」

「お心遣い痛み入ります」

軍家閥の主だった重鎮たちから囲まれていたカセロールである。中には伯爵位の人間も居り、無下にできるはずもない目上をほったらかして、ヴェツェン子爵に挨拶に行くことは無理な話だ。勿論ヴェツェン子爵も物理的に無理なことを理解しているので、自分の所に挨拶に来なかったなどと難癖をつけるつもりはない。

カセロールが詫びたのも形式的なやり取りを交わした両者は、一応は先任の同僚に対して敬意を払った形を作っただけのこと。社交辞令的なやり取りを交わした両者は、社交の常として世間話を始める。

「仕事のほうは如何《いかが》かな。先日の大龍《ドラゴン》騒動の時にも軍の出動があったようだが」

「最近は専《もっぱ》ら訓練漬けですよ。私ももう年ですし、若い連中に付き合うのも大変です」

前カドレチェク公爵が最後の仕事として置き土産に置いていったのが中央軍の増強と地方軍の再編であった。

大戦から二十余年を経て、国軍の役割も変遷する。昔は地方の貴族に対する重石として国軍が目を光らせていたわけだが、治世の安定から役割も薄れたと再編を行い、中央軍を手厚くする体制へと変えたのだ。

これによってより柔軟で強力な軍行動ができるという目算ではあったのだが、ある日突然新しい部署に見も知らぬ連中が集められて、即座に望まれるとおりの成果が出せるはずもない。政治的にも多くの軋轢《あつれき》を生んだなかでの再編であった。

代も変わった当代のカドレチェク公爵が、まずもってやらねばならなかったのは中央軍を精強たらしめること。先代の思惑が正しかったと証明することだった。

中央軍の第一大隊でカドレチェク家の嫡子《ちゃくし》が隊長を務めているのも、第二大隊をカセロールが率いているのも、全ては中央軍の精鋭化の為である。その中でカセロールの果たすべき役割は大きい。大戦の英雄に求められるのは、まだまだ未熟さのある第一大隊長を助け、より実践的な組織を作り上げること。

精鋭中の精鋭を作り上げるために、一に訓練二に訓練、三四がなくて、五に特訓というハードスケジュールをこなす毎日。

選りすぐりの騎士を集めたうえでの訓練だ。率先垂範が信条のカセロールは、監督しつつ同じように訓練をしているのだから、それはそれで大変なのだ。その為、つい愚痴の一つもこぼれるというもの。

「モルテールン卿はまだお若いではないですか」

「ははは、そう言ってもらえるのも嬉《うれ》しくはありますが、もう孫も居《お》ります。若いとはいえぬ年です。無理も利かなくなってきました」

かつては怖いものなしで暴れまくっていたものだが、そんなカセロールも既に嫁いだ娘に子供が生まれている。現代と比べるなら平均寿命も短いこの世界にあっては、立派なお爺《じい》ちゃん世代。

そろそろ真剣に世代交代を見据えて動き始める年だ。

「ご謙遜であるとは思うが、不敗の英雄がさように気弱では、不安を覚える。モルテールン卿は我々にとって欠かせない柱であれば」

「私などよりもヴェツェン子爵のほうがよほど大切な人材でありましょう」

年を理由に弱気なことを言い出したカセロールに、少しばかり顔を顰《しか》めるヴェツェン子爵。国軍の再編もそろそろ完了し、さあこれから軍家閥の躍進が始まるぞと気勢を上げているなかで、主力となるべき求心力の一人が弱気なのは困るとの思いからだ。

そんなヴェツェン子爵に、貴方こそが大事なのだとカセロールは諭した。

「ほう？　そう言ってもらえるのは嬉しいが、自分は所詮裏方です」

「いや、それこそ私などは所詮は戦うしか能のない人間です。慣れぬ管理の仕事に四苦八苦する毎日。それに比べればヴェツェン子爵は公爵の下で辣腕《らつわん》を振るい、中央軍の全てに睨《にら》みを利かせている。頭が下がる想いです」

大きな組織を運営するようになれば、裏方の苦労と重要性がよく分かる。

面倒な調整や、対外折衝をこなせる人材のなんと貴重なことか。

公爵がヴェツェン子爵を重用するのもよく分かるというもの。カセロールが、年下の同僚を褒めそやす。

「こそばゆいこそばゆい。私からすれば魔法の使える卿《けい》の実力こそ羨《うらや》ましいが」

「魔法など、所詮は道具です。使い方を過《あやま》てば害悪にもなりましょう」

魔法というのはどんな魔法でも使い方次第で毒にも薬にもなる。魔法を使いこなしてきた人間だからこそ、実感をもってそう口にする。

「それならばモルテールン家は魔法の使い方が上手いのだな。色々と噂は聞いている」

「どのような噂か、聞くのも怖いですが」

「それはもう、聞かぬ日はないほどだ。どこに出向いても、最近はモルテールン家の噂ばかりだ」

「恐縮です」

つい最近まで、社交界の噂は分散していた。例えば北部閥と西部閥の代理戦争ともいわれていた、次代の王たる王太子妃を巡る争いについてであったり、四伯の一人であるレーテシュ伯がいよいよ結婚して子供を本人が産んでることであったり、或いは農務尚書が不正蓄財によって職を追われてしまったことであったり。貴族は、自分に関係しそうなことへ耳をそばだてて、興味のあることに注力して噂を集めていたのだ。

ところが、特にここ数カ月はモルテールン家についての噂一色である。経済的にも政治的にも軍事的にも、モルテールン家を無視することができないということだろう。

「やはりモルテールン卿の御人徳の賜物《たまもの》であろうか」

「いやいや、私の力など微々たるものです。最近は息子のほうがいろいろとやらかしているので、尻ぬぐいをするのに必死で」

カセロールは肩をすくめた。

モルテールン家が隆盛を謳歌《おうか》するのは結構なことなのだが、それが自分のあずかり知らないところで息子によって齎《もたら》されているとなれば、苦笑の一つも浮かべよう。

「そういえば、今日はご子息が居られないのだな」

おや、といった様子でヴェツェン子爵がペイスについて尋ねる。

さもついでのような口ぶりだが、これこそが本題であることは明らかだった。

「王都に居ると何をするか分かりませんので、領地に置いております」

やはりペイスについて聞きたかったのだろう。ヴェツェン子爵は、ペイスが領地に居ると聞いて若干の間考え込んだ。

何がしかの考えがまとまったのか、改めてカセロールに笑顔を向けた彼は、ペイスについて褒め始める。

「頼れるご子息が領地を豊かにすると。羨ましい話だ」

優秀であるという噂を聞いているだとか、久しぶりに会ってみたいだとか。ヴェツェン子爵の露骨な会話にもカセロールは顔色を変えずに対応する。

「私としては、やらかすにしても、もう少し穏便にしてもらいたいところなのですが」

「それは贅沢《ぜいたく》な話ではないか。世の中の多くは子供の不出来を嘆くというのに、モルテールン卿はできすぎる息子を嘆いておられる」

「確かに、贅沢な話かもしれません」

子供が無能で悩むより、有能さを嘆くほうが贅沢なことは明らかだ。

ヴェツェン子爵の指摘に、改めて苦笑するカセロール。

どうせなら普通で良かった。何の因果か、飛び切りにハチャメチャな息子に育ってしまったことへの苦笑だ。

「今年は穏やかになると良いですな」

「本当に……本当にそう思います」

カセロールの言葉は、妙に重々しい実感が籠《こ》もっていた。

不穏な啓示

モルテールン子爵領を含む神王国の南部。今経済的に最も伸びている地域ではあるが、そのさらに南方、神王国レーテシュ伯爵領と海を挟んで向かい合う大国をアナンマナフ聖国という。

一般には聖国と呼称されるこの国は、祭政一致の宗教国家である。

宗教勢力が権力を直接握っている政治体系ということで、取りも直さず魔法研究が盛んだ。

例えば近年最も成果をあげた研究は、植物を操作する魔法によって、食料生産量を増大させるというもの。一人の魔法使いによってより効率的な農業を行うことで、特定の教区に限ってのことながら食料生産量を三割ほど増大させる結果を出し、国力の増大に大きく寄与している。

或いは他人を眠らせる魔法を、医療分野に活《い》かす試み。元々戦場で敵に使用して活躍していた魔法であるのだが、戦いのなかの強いストレスから不眠症を患う自国の兵士に使ったことがきっかけで、気患《きわずら》いの療養や不安感の軽減に役立てないかと研究が始まり、実用的な効果が認められている。

一事が万事この調子であり、政治、経済、軍事、外交とありとあらゆる面で魔法という超常の力が利用され、かつ大きな成果をあげてきた国。それが聖国。

そして勿論、諜報《ちょうほう》の世界でも魔法が使われていた。

「ふむ……」

金糸をふんだんに使った、豪華な服を着こんだ初老の男性が、羊皮紙を見ながら声を漏《も》らした。

コリン＝エスト＝チャフラン枢機卿《すうききょう》。

聖国の中でも商業の盛んな重要教区を預かる重鎮であり、次期教皇の有力候補者の一人と目されている重要人物でもある。現在の教皇は既にいつ身罷《みまか》っても不思議のない高齢であり、数年単位の間隔で見るならば、近々最高権力者に上り詰めてもおかしくない人物。

また諜報に関しては対外諜報に重きを置いていて、俗にいう強硬派に属する人物でもあった。

神王国に対しても、徹底的に強気の外交を行うべきという持論を持つ。

そんな男が、何事かを悩み始めた。

「猊《げい》下《か》、何か気になる報告でもありましたか？」

考え込むチャフラン枢機卿に声を掛けたのはイサル＝リィヴェート。

聖国においては存命の優れた魔法使いに贈られる、十三傑《けつ》の称号を持つ一人に数えられる。

序列席次五位という凄腕の魔法使いであり、チャフラン枢機卿の庇護下にある切り札の一人。

三十になったばかりという年でありながら、枢機卿にとってはよき相談相手となっていて、一説には恋人同士という噂まである程親しい関係にある。

勿論、同性愛を戒律で禁じている宗教国家でそんな関係性はあってはならないし、次代の教皇になろうかという野心家がそんな下らない下半身スキャンダルを起こすはずもないのだが、だからこそ冗談としては面白おかしく、市井《しせい》の噂になるのだ。

自身の右腕とも半身ともいわれる腹心の問いに、枢機卿は手に持っていたものを渡す。

「この報告を見てみろ」

魔法使いイサルは、枢機卿の溜息《ためいき》の原因に目を通す。渡された羊皮紙には枢機卿お抱えの諜報部隊からの報告の概要が書かれていた。

勿論、報告内容をそのまま書いているわけではない。聖句を隠語に使った、聖職者でもかなり研鑽《けんさん》を積んだ人間でなければ読めない暗号となっている。

例えば書き出しは『荘厳《そうごん》なる水に片手を浴するところの儼《げん》に慎まんとする者より、いと清廉《せいれん》なる御方《おんかた》に宛てたるも恐《かしこ》み奏上《そうじょう》致します』などと始まっている。

普通の人間にはとてもまともに読めない。清廉なる御方というのが、かつて自らの身を律するために肉の類を一切食べず、贅沢を戒めるために簡素な服以外は何も持たずに暮らした聖人になぞらえて、不正を正す役職にあるチャフラン枢機卿を指す、などという意味を知る人間は、普通とは言わない。

もっとも、敬虔《けいけん》な信徒でもあり司祭の資格までもつ魔法使いイサルにとっては普通に読み下せる内容だった。

伊達《だて》に枢機卿の腹心をしているわけではない。

つらつらと内容を見るにつけ、イサルの眼は厳しさを増す。

「龍が出た？　しかも倒した？」

「ああ」

聖国は、神王国と比べて歴史が長い。それだけに古臭いしきたりや時代遅れのような伝統が蔓延《はびこ》っていて、旧態依然《きゅうたいいぜん》とした体制に不満を持つ者も少なくない。

しかし同時に、蓄積された叡智《えいち》も存在する。

特に過去を調べる学問においては、周辺国の比ではないほどの知の財産が相続されてきた。

人々が文明と呼べるであろう社会を作り上げた、太古の昔から知識階層であった宗教者達によって積み重ねられてきた、研鑽と思考の重なりというものが聖国の最も大きな財産でもある。

より古くまで過去を正確に遡ることのできる聖国。だからこそ、余の国ではおとぎ話や伝説上の生き物とされている大龍《ドラゴン》が、確実に存在していた過去を知っていた。

数多《あまた》生まれて消えていった古代の国々。その多くは、天変地異や戦争によって消えていったわけだが、中には大龍によって消えた国もある。

聖国の歴史学者は確かな文献からこの事実を知っていて、聖職者の教養を身につけている枢機卿は知識として学んだが故に、記憶の端に残っていた。

それだけに大龍が出現し、かつ討伐されたという報告には驚きが伴う。

「いや、これは……幾ら何でも嘘《うそ》でしょう」

「本当のことだ。既に情報の裏どりを複数の筋《ルート》で行った」

枢機卿も最初に報告を受けた時、真っ先に思ったのは『何処の馬鹿がこんな出鱈目《でたらめ》な報告をあげたのか』という思いだった。

聖国の中でもチャフラン枢機卿配下の諜報部隊は優秀である。とりわけ神王国に対しては徹底して鍛え上げた精鋭を送り込んでいるのだ。それがこんなあり得ない報告を上げてくるなど、箍《たが》が緩んでいるとしか思えない。

そのため、報告してきた部署の責任者を呼びつけ、叱りつけた。叱責《しっせき》を受けた人間は実に災難であるが、報告をあげた人間でもそれは仕方がないと思えるほど荒唐無稽な話だ。

報告に間違いがないと駄目押しされたことで、さらに裏どりを徹底させ、それでも同じ情報があがってくることに流石に信じるしかない状況になったのが先日のこと。そのうえで改めて間違いがないか、再確認させた報告が今手元にあるもの。

従って、今見ている情報というのも、龍を倒した日付そのものは相当前の話を再調査した内容だ。情報源と一次情報の信憑性《しんぴょうせい》まで申し添えられてあるとなれば、これ以上の正確な報告など不可能。

ここまでくればもう信じざるをえない。

「じゃあ、本当に？　龍ですよね？」

「ああ」

「物凄く大きな蜥蜴《とかげ》が正体なんてこともなく？」

「ああ」

蜥蜴であればどれだけ良かったか。

世の中には人間よりも大きな蜥蜴というのも居るだろうが、今回の報告に上がってきたそれとは大きさの桁が違う。人よりも大きいどころか、ちょっとした山ほどの大きさがあるのだ。

モルテールン領に運ばれた強大で巨大な物体は、見ようと思えば遠く離れた山からでも確認できる大きさ。確認するのに苦労は要らない。

人の出入りも多い領地であることから、諜報員が間近で確認したうえで送ってきた報告である。

ただの大きな蜥蜴を大龍と言い張っている可能性はゼロだ。

「しかも倒した？」

「ああ」

何よりも驚くべきは、そんな大怪獣とも言うべき存在を、討伐してしまったことにある。

文献に曰《いわ》く、一国を滅ぼした伝説さえあるという化け物。それをこともあろうに一地方領主の息子が僅かな手勢で倒してしまったというのだから、もはや驚きを通り越して呆れるほかない。

「ひゃああ、凄いこともあったもんだ。歴史に残る偉業ってやつじゃないですか」

「紛うことなき歴史的偉業だ。千年は語り継がれる英雄譚だろう。忌々《いまいま》しいことだがな」

「はあ」

国崩しとも恐れられる神話の怪物に、才知溢れる若者が勇気をもって立ち向かって勝つ。これほど爽快で心躍るストーリーもなかなかないだろう。全ての吟遊詩人が小躍りしながら歌にして、全部の劇場で役者たちが劇にすること疑う余地もない。

そして、この偉大なる業績は色褪《いろあ》せることなく残り、後世に伝わっていくことだろう。

人が個人で為し得る最上級の武勇伝だ。これを超える成果など、歴史を千年遡ってみても存在しない。最も詳細に記録を残す聖国の記録でだ。

つまりは、千年に一度あるかないかの偉業ということ。これから先、もしかすれば人類の歴史が続く限り語られ続けるかもしれない。

忌々しい。

そう、実に忌々しいのだ。人類史に輝き続けるであろう不滅の金字塔を、よりにもよって仮想敵と目する連中にしてやられたのだ。悔しさというなら歯噛みしながら夜も眠れなくなるほどである。

「ただでさえ厄介な異端者共が、これでさらに調子に乗ることだろう」

「そうでしょうね。盛んに喧伝することでしょう」

神王国と聖国は、主に宗教的な違いから決して相入れない存在。自分たちの信仰こそ正義と掲げる聖国にとってみれば、全く別の教義と信仰を持つ神王国は、自分たちの国の存在意義すら揺らがせる国である。

互いに互いの国を罵り合って久しい。神王国の目ざとい連中は、ここぞとばかりに業績を掲げ、自分たちの素晴らしさと正しさを訴えることだろう。

悲しいかな、大龍の討伐という大偉業には、聖国として対抗する術がない。やられっぱなしになる。調子に乗りやがってと切歯すること頻《しき》りだ。勿論、チャフラン枢機卿もその一人。

自分たちの正しさを信じて疑わない信仰者として、何故よりにもよって神王国の人間が偉業を為したのだと悔しがる。

「正しき信仰は何処に行ったのか。神が与える試練とは、過酷なものだ」

「はあ」

聖国の教義では、神とは時に人に対して試練を与えるものとされていた。親が子供に対して、愛するが故に厳しく当たることもあるように、神は敬虔な神の子を愛するが故に試練を与えるのだと。親の愛が躾けとなるように、神の愛は苦難となる。

だがしかし、困難を乗り越えた先には成長があり、人としての高みがあるとされていた。

より多くの艱難辛苦《かんなんしんく》を経て、苦汁を舐めてこそ神の愛という真実に近づく。

大龍のこともそうだ。

より大きな試練を乗り越えたモルテールン家には大きな喜びが生まれた。これこそ神の御心であろう。ならば、今自分たちに降りかかっている苦労もまた、乗り越えた先には大きな喜びがあるはずだ。

枢機卿は、そう自分の心を奮い立たせる。

「不信心な異端者は、いずれ大きな天罰が下る。神は我らと共にあるのだから」

それは、腹心に聞かせる言葉ではなく、自分に言い聞かせる言葉だったのだろう。

「最も尊き御主上は、どうするべきだと？」

一人自分の信仰と向き合い始めた枢機卿を現実に引き戻したのは、魔法使いの言葉だった。

最も尊き主上。すなわち現在の神の代理人たる教皇のことだ。

神の言葉を代行するもの。つまりは最も偉大な人物であるという共通認識の上に教皇という存在がある。

彼の言葉はそのまま神の言葉とされるわけで、信徒である男たちが最も気にするのは教皇の発言だ。

枢機卿は軽く頷《うなず》き、部下の疑問に答える。

「より正しき形にするべきであると仰せだ」

「より正しき？」

どうとでも取れそうな曖昧《あいまい》な言葉だ。

これは、代々の教皇の癖のようなものである。

神の言葉を代行するということは、つまりは失敗や失言が許されないということ。絶対に間違ったことを言ってはならないし、口から発した以上は取り消してもいけない。

だからこそ、どうしても曖昧な言葉が多くなる。後からなら何とでも言い訳できそうなふんわりとした言葉を使い、抽象的で曖昧模糊《もこ》とした言説を多用する。

教皇の言葉を、つまりは神の言葉を翻訳し、下々に明確な行動として指示することもまた聖職者の務めであった。

「そう。より大きな力には、より大きな責任が伴う。それを理解していない蒙昧《もうまい》なる異端者共が、不当に利得財貨を貪《むさぼ》るのは正しき行いとは言えん。違うか？」

「それはそのとおりかと」

「ならばそれらは正しく導き手の元に齎されるべきであろう。より大きな責任を果たせる者の元に」

「左様で」

モルテールン家が巨額の利益を得て、大きな利権を手にしたという。

ならば、それを正しく使うように導くのは正しき信仰を持つ者の務め。

正義は我らにありと、確信する者たち。

「失礼します」

何がしか、不穏な空気が漂っていたなか。枢機卿の元にまた新たな報せが齎された。

速報性を重視した連絡であり、最重要の情報と分かる形で届けられたもの。布に走り書きのようにして書かれているだけに、情報収集を行っている現地から直接届いたものなのだろう。

「やはり神は我らをお導きくださる。これは啓示《けいじ》に違いない」

チャフラン枢機卿は、ニヤリと口元を歪めるのだった。

重役会議

金央月も過ぎ、赤上月に入ったころ。

モルテールン領では、冬の間の重役会議が開かれていた。

ちなみに重役会議とはペイスの呼ぶ俗称で、実態としては領主を支える重臣たちによる定期会合である。

領主代行のペイスを筆頭に従士長のシイツら目ぼしい従士達が揃っており、ここで話し合われることがこれから一年間の方針となる為、皆真剣である。

「去年はいろいろと大変でしたね」

ペイスが、開口一番宣《のたま》った。

昨年に思いを馳せるようにしみじみとした口調だったが、勿論そんな微笑ましい話であるわけもないと、従士達は呆れ顔である。

「大変の一言で片付くこっちゃねえでしょうよ」

シイツが、代表するようにして茶々を入れる。

実際、彼の言葉はペイス以外の全員の気持ちを代弁したようなものだ。世の中がひっくり返って、常識という言葉が七転八倒する勢いで活躍していたのは、当のペイスである。大変だったたね、と簡単に片づけてもらっては困るのだ。

ちったあ大人しくしてやがれ、がシイツ従士長の本音である。

「そうは言っても、他に言いようがないでしょう」

「そりゃまあそうで」

トップ2が他愛もないことを言い合っている間、屋敷で働く侍女達が従士達にお茶を配っていく。侍女といっても孫どころかひ孫まで居るような年の女性たちであり、農作業も難しくなってきた彼女たちはこうして屋敷の雑用に雇われている。震える手でお茶を出すものだから、見ているほうが冷や冷やであるというのは甚だ余談だ。

そして、新人の若手たちが資料を配っていく。

ベニヤ並みに薄い木板に書かれた、会議進行表のようなものである。

「さて、まずは去年決めたことをおさらいしておきますか。シイツ」

全員の準備ができたところで、おもむろに少年が会議を始めた。

堅苦しい開催の挨拶などは一切省く辺りが家風といったところだろう。

毎年毎年何かと事件の多いモルテールン家である。去年のおさらいをするだけでも、一苦労なのがここ数年の恒例行事だ。

「へいよ。まずは税務関連。どっかの誰かさんがやらかしたせいで、金が腐るほどあるってことで、今後三年間は一切の租税を免除することが決定された」

「わお」

「そりゃスゲエ」

三年間の課税免除。

噂に聞いていた者も多かったが、事実として伝えられたことで驚きが広がる。

世知辛《せちがら》い世の中、お金というものは稼ごうと思っても簡単に稼げないのが常識。貴族であろうがそれは同じことだ。

普通の領地貴族は、領地からの収入がそのまま自分の収入に直結する。だから、税金についてはとにかくシビアだ。

ワイン製造であったり製塩事業であったり、或いは海運事業であったり。自分で事業を経営しているところはまだマシだ。貴族自身が商売をするとなれば、権力と相まってそうそう赤字になることはない。だが、そういった商売に向かない貴族も居る。

そもそも、商売が誰でも確実に儲《もう》けられるものであるなら、世の中でお金に困る人間は存在しなくなる。権力者たる貴族であっても、他の貴族と競争に晒《さら》されていたり、或いは商売のやり方そのものに欠陥があったりと、金儲けの下手くそな人間は珍しくもない。むしろそちらのほうが数としては多い。成功者はほんの一握りだ。

領地貴族で商売が下手な人間はどうやって金を稼ぐかといえば、領民から搾《しぼ》り取《と》るしかない。金儲けの上手い人間に金を稼がせ、上前を撥《は》ねる。これこそ賢いやり方だと考える貴族は多い。

貴族は、自分たちが貴族であるという特権を絶対的に活かすためにも、領民から税という形で金をむしり取る。これが世の中の常識だ。少なくとも、この常識に反する貴族というのは存在しなかった。

しかし、ペイスは自分で金を稼ぎ、領民には一切税を取らないと宣言したのだ。

こんなことは、領地経営のそのものを根本からひっくり返すあり得ない話だろう。

「代わりの財源は既にしっかりと確保してあるので、財務担当は安心していいぞ。予備費もたんまり取ってあるから、よほどのことがねえ限りは安心できる」

驚く面々を見回しながら、シイツが安心させるように言葉を紡ぐ。

もっとも、不幸なことにモルテールン家の狡猾《こうかつ》さに慣れ、従士長の言葉の不穏さに気づいた者も居た。古株の連中や、金庫番のニコロなどがそうだ。

「従士長、言葉の端々に不穏さがあるんですけど」

よほどのことがない限り、安心できる。

この言葉で安心できるのは、今までモルテールン家に降りかかってきた災難の数々を知らない人間だけだ。

大龍を倒して大金を稼いだ規格外のお菓子狂いが居て、未だに大量に金貨が唸っていて、教会を敵に回すような戦略物資を抱えていて、未知の塊《かたまり》のような新領地を拝受した現状。

これで「よほどのことは起きないから安心だね」と呑気にいられる輩が居たら、底抜けの間抜けか、どんなことでも不動の心を持つ大豪傑かのどちらかだ。

「だろ？　俺もそう思うぜ。くれぐれも変なことが起きねえように……いや、起きても大丈夫なように、仕事はできるだけ前倒しで片づけるようにな」

「うぃす」

何かが起きることは確定として、仕事の前倒しを行う。言うは易《やす》し行うは難《かた》しというのはこのことだろうか。

人員の増加と合わせて、仕事量は今までとトントンといったところ。できなくはないのだろうが、一向に楽にならない仕事に涙を流すのは若手たちだ。

人手は増えているはずなのに、仕事は変わらない。マネジメントの上手さを褒めるべきか、或いは仕事を増やす鬼を監禁するべきか。

古株連中は真剣に後者を考えたことがある。

「それと、この免税措置《そち》によって、移民の増加が懸念される」

完全な免税措置ともなれば、人は嫌でも集まる。

人が集まれば金も集まり、金が集まれば仕事も増える。そして仕事は人を呼ぶという循環。

今まで前例のない措置の為、影響力がどの程度かは分からないが、少なくとも移民に対する吸引力になるのは間違いない。

「税金タダで仕事が幾らでもあるってんなら、そりゃそうだろうな」

「トバイアムの言うとおり、今の現状だと勝手に人が集まるだろう。同時に、治安は悪化する」

「トラブルが増えっからなあ」

人が増えれば、騒動もまた増えるのが道理である。

移民用に整備された新村の治安担当であるトバイアムは、いろいろと面倒ごとが増えそうな予感に顔を顰めた。おっさんの厳つい顔がより一層怖く見えるようになったところで、治安についての話し合いが続く。

「ちゃんと蓄えをしていて、学や技を持っていて、性格もまともって移民なら大歓迎だが、そんな連中が移民になるわきゃねえって話だよな」

トバイアムの言葉に、集まった面々は大なり小なり賛意を示す。

そもそもこの世界で移民をしようという人間はどういう人間か。

まず、豊かであり職を持っている人間はやらない。安定した生活基盤が既にあるのに、それを捨てて目新しい土地で新生活などと考える人間はまずいない。

また、頭のいい人間が移民になることも稀だ。明晰な頭脳があれば普通は手に職があるものだし、それでなくとも優秀な人材を欲している家は幾らでもある。良い条件を出して雇うところがあるのに、わざわざ当てもなくモルテールン領に来ることはないだろう。

卓越した技術を持つ者も同じ。手に職があって何故わざわざ僻地《へきち》に行かねばならないのか。

「ああ。蓄えもなく、学もなければ手に職もない。性格が粗暴であったり、嫌われ者であったり。移民にゃあそんなのもいる。そこで、治安担当を増員する。トバイアムがとりまとめだ」

「おお、任せろ」

シイツの指示に、トバイアムが自信ありげに胸を叩く。お調子屋の自信にどこまで信憑性があるかはともかく、請け負ったからには責任をもって仕事をしてもらわねばとペイスは頷いて見せた。

「トバイアムたちには、坊《ぼう》がマニュアルってのを作ってる。それに従って、できるだけ問題の芽が小さいうちに対処してくれ。マニュアルどおりでやるなら、即決の裁判権も認める。酒場で暴れた連中を打擲《ちょうちゃく》刑《けい》にするぐれえなら裁量の範囲だ」

「分かった」

従士は準貴族ともいえる階級なのだが、裁判権を持たせることにも葛藤はあった。

現行犯逮捕の即決裁判。中々に強力な権限であるが、治安を守るためには厳しさも必要だと上層部が判断した結果だ。

酒場で暴れるような奴がいれば、武闘派のトバイアムを筆頭に腕っぷしの強いのがまとめて対応し、ぶん殴ってでも大人しくさせる。

実に簡潔で乱暴なやり方だが、いちいち言い分を聞き取って領主まで報告をあげて裁判をして、などという手間を掛ける余裕がないのも事実だ。

ここは特に他所からの攪乱《かくらん》工作なども懸念されているため、重点的に人員増が図られている。

「次に、家畜の増産についてだ」

シイツが、次の議題を読み上げる。

「これは僕から。目下モルテールン領では街を拡張していますが、人が増える分食料消費等々も増えています。グラサージュ主導による畑の開墾《かいこん》と治水《ちすい》の計画的進展で、穀物生産量は人口増加以上のペースで増えていますから問題はないのですが、食肉等々は外部からの輸入量増加が目立つ。そこで、新たに東部地域で牧場を整備し、食肉生産量を倍増させようと思っています。担当はスラヴォミールですが、勿論ここにも人を増やします」

人が増えることに伴う、食料消費の増大。

特に、金回りが良くなることによって、穀物と比べれば割高である肉の消費量も、今まで以上のペースで増えると予想される。

問題が起きる前に芽を摘む。ペイスによる一手である。勿論、表向きの理由を満たしつつも、裏《スイーツ》の目的があるのは敏《さと》いものならピンときた。

「増やす家畜はどうするっち？」

「基本的には鶏や豚のように効率の良いものを優先します。ただし、乳牛についても引き続き増やします」

「鶏と豚なら豚のほうがエエ気がするけんど？」

鶏と豚で比べるなら、食肉生産だけを見れば豚のほうが良い。

家畜番のスラヴォミールが専門的見地からそう言うが、ペイスは勿論そんなことは分かっているが、それでも鶏を増やすと断言した。

素直な家畜番は、分かったと頷く。

「鶏の場合は卵もありますので、バランスをとってください」

「坊の場合は卵でまた何か作ろうってんでしょうが」

鶏の卵をペイスが欲しがっている。

そんな思惑お見通しだぞと、シイツがくぎを刺した。

「勿論です。フルーツパフェがリコやジョゼ姉様に好評でしたから、プリンを作ろうと研究中です。パフェにプリンは良い組み合わせですからね」

当のペイスは、悪びれもせずにそのとおりと言ってのけた。

卵をたくさん産むように鶏の数をどんどん増やし、そしてスイーツ製造コストを下げて、自分が思う存分お菓子作りを満喫したい。領地の為というより、自分の為である。

趣味の為に全力で突っ走って、領地が豊かになるというのはおまけという政策。

どこまで行ってもペイスはペイスである。

「ってことだ。スラブ、鶏はほどほどで良いぞ。豚を多めにしとけ」

「横暴です!!」

「適正な配分ってやつでしょうが。ただでさえ人手が足りねえって話をするのに、趣味に人手を使ってどうするんですかい」

「むう」

従士長の正論に、ペイスが不満げにしつつも反論はせずに嫌々ながら承諾した。

放っておくとどこまでも暴走する次期領主の手綱を握る苦労に、シイツはやれやれと肩をすくめる。

「坊の我がままはそれでいいとして、他にあるか?」

「はい」

「プローホルか、何だ、言ってみろ」

若手代表のプローホルから、発言の許可を求める挙手があった。

「人員のことは承知していますが、できれば早期に魔の森の調査を検討願います」

「森の調査ですか」

モルテールン家に下賜《かし》された新領地。下手をすれば国がすっぽり収まりそうなほど広大な森だ。

確定事項として、大龍が住んでいた、という事実まである曰く付き物件。

手を出し始めると、どこまでも資源と人手と金を吸い込んでいきそうな怖さがある。

それだけに、反対意見を出す者も多い。

「んなもん、後回しで良くねえか？」

「いえ、早期に必要でしょう」

先輩たちが他にやることも多いから魔の森なんて後回しで良いというなか、プローホルは自説を曲げない。

「理由を言ってみろ」

「魔の森に対する不安を払拭《ふっしょく》する為です」

「不安？」

どういうことだと皆が皆首をかしげる。

「我々は、森の浅い部分の調査もしていて、地図も作っています。だから、ある程度は魔の森について楽観視ができる。しかし、他所から移民が増えている現状、魔の森のことをよく知らない人間も増えています。彼らからすれば、大龍が傍で寝ているかもしれない不気味な存在でしょう。少なくとも大龍出現以降一度も森に入っていないのは、不安を煽《あお》る行為でしかない」

「なるほど、下手な憶測を呼びそうですね」

プローホルの意見にある道理に、いち早くペイスが頷いた。

人間の恐怖の根源は未知だ。知らないということは、恐ろしいという感情の親戚のようなもの。

憶測や風聞によって煽られる噂も、根本には未知というものがある。

脅威があるかどうか、或いはどんな脅威があるか分からない状況は、要らぬ不安を煽るもの。誰もが知っていることならば、仮に脅威というものが事実として存在していても、変な風説は呼ばないものだ。

「はい。一度森に入り、特に不安はないのだと広報すれば、移民も魔の森に対する不安を感じずに生活できると思いますし、不安の低減は治安にも波及します。大きな問題となる前に、不安の芽を摘んでおくことは必要な政策だと思います」

「良い提言です。前向きに検討することとし、詳細を詰めることにしましょう」

「はい」

プローホルの意見は聞くべきものがあった。

今後の検討課題として上層部で審議するとして、議題は次に移る。

「他には？」

「あぁ、ちょっと良いかな」

「ソキホロ所長、どうぞ」

次に手をあげたのは、ホーウッド＝ミル＝ソキホロ。

彼は、爵位こそないものの歴《れっき》とした貴族だ。

モルテールン領立の研究機関で所長をしていて、モルテールン家の最高機密の一端を知る立場にある。

知能という面でペイスを強力に補佐する、重鎮だ。

「一介の研究屋には政策なんてのは分からないが、一つ報告があってね」

「何でしょう」

「最近、龍の〝残留物〟を調査していて、面白いものが発見された」

「面白いもの？」

大龍の素材については、既にあらかた片づいている。

腐らないものはペイスが隠し掘った地下倉庫に厳重に管理されているし、そもそも大半は天文学的な額のお金に化けているのだ。

しかし、残されたものもある。

ボサボサ髪の男はあえて明言しないが、大龍の残留物とは大龍の腸内から掻《か》きだされたもの。早い話が糞だ。

未消化物やら何やらが混ざった、扱いに困る代物。肥料として使えないかどうかを研究しているところではあるのだが、その中に、少々見過ごせないものが混じっていたと中年男は言う。

「非常に目立つ色をした、これぐらいの大きさの物体でね」

ホーウッド研究員が、手で丸を模した形を作る。大きさというなら小ぶりなスイカ程度の大きさだろうか。

「見つかったブツが何せ〝残留物〟の中にあったものだ。大龍が何を食べていたかなどというのは闇の中にある謎《なぞ》であるし、どのような消化をしているのかも分からない。そもそもそっちの話は私の専門外だしね」

「はあ」

生物の生態というのは、研究分野として体系づけられた専門の分野がある。研究者としての経歴も長い所長ではあるが、流石《さすが》に生物学系統の知識は不十分だという。

「しかし、物としては非常に頑丈そうであり、最初は何かの鉱物かと思い調べていた。専門分野ならば何かしら役に立てるかと思ってね。その結果、どうやら鉱物ではなさそうな感じでね」

「ほう」

よれよれ服の研究者の専門分野は鉱物。

長い間、魔法付与の媒体となる物質を模索していた経歴から、地下資源についてはやたらと詳しい。

だからこそ、最初は自分の知識にない鉱物らしきものということで調べていた。報告が今になったのは、曖昧な報告を上げることを嫌った研究者の性《さが》というものだ。

「そこでふと思ったのですよ。見つかったのは〝総排出孔〟の残留物。だとすれば、もしかして消化ではなく〝繁殖〟に繋がるものではないか、とね」

大龍は見た目からして蜥蜴の仲間にも思える。

だから、総排出孔と呼ぶような器官があったとしてもおかしくはない。

そして、総排出孔の機能としては、排泄以外にも役割があるのだ。

「……もしかして、卵？」

「まだはっきりとはしていないが、どうやらその可能性が高い。一応、周知すべきかと思ったのだが、拙《まず》かったかな？」

政策を討議する場に上げていい話であったかどうかは怪しいが、ペイスは謝辞を口にする。

「いえ、重要な情報を感謝します。皆も聞いてのとおりです。まだはっきりと確定したわけでもない情報ですし、龍の卵らしきものについては緘口令《かんこうれい》を発布します。ここにいる人間以外には、たとえ相手が草木でも口外しないように」

「分かりました」

「それでは、次の議題……」

モルテールン家の会議は、その後夜遅くまで続けられた。

不壊の卵

「ようやく落ち着きましたね」

会議が終わり、ペイスがシイツと共にお茶を飲む。

心を落ち着けるための習慣であるが、シイツに曰く必要なのは頭痛薬だという。尤《もっと》もな意見だと頷いてしまう状況なのは、実に皮肉な話だ。

会議室から執務室に戻り、椅子に腰かけるペイス。父親であるカセロール用の為、少年の体には不釣り合いな大きさだ。

座ったペイスの目の前。執務机には大きな、そして時折鈍色《にびいろ》に光る金属の塊のような〝卵〟がある。鎮座まします存在感たるや、流石は龍の卵といったところだろうか。

これが生物の卵であるとはとても思えないのだが、専門家が断言するからには間違いないのだろう。

「まさか卵が出てくるたあ思いませんぜ」

シイツが卵をこつんと手の甲で叩く。

三階ぐらいからなら落としても割れないであろうという頑丈さを持ち、割ることさえも至難の業という難物。ちなみに、笑顔のペイスが金づちで試したので間違いない。

価値というなら文句なく国宝級。

世の中に存在が確認されたのは、有史以来これが最初だろうという話だった。

「しかし、これで魔の森が荒れていた原因も仮説が立ちましたね」

興味深げに弄《いじ》り倒《たお》していたシイツを横目に、ペイスがまたぞろ変なことを言い出した。

「というと？」

「大龍が諸々の元凶だった、ということです。僕の想像ですが、間違いないと思います」

「ほう」

魔の森が荒れていたことは、さまざまな状況証拠から明らかになっている。

大龍が飛び出してきたことは勿論最有力の証拠だが、それ以外にも野生動物の数が異常に増えていたり、魔の森近縁の領地では魔獣や野獣の大量発生が確認されていたり、或いは特定地域に偏った食害であったり、見慣れない生物が確認されていたり。いろいろと森が荒れたことによる被害が確認されていて、大龍討伐後に実はうちも、かくかくしかじかで、と情報が集まったことで判明したことである。

大龍発生以前は、森の環境自体に何がしかの異変があったのだろうと言われていた。数年前に発生した全国的な冷害が原因として最有力視されていて、そのせいで森の中に環境が激変するような気象変動があり、森が荒れていたのだろうと予想されていた。

しかしここにきて、ペイスは森が荒れたのは大龍が根本原因だったのだろうと言う。

勿論、小山と見紛うほどの巨体であり、森の主であったかもしれない大龍が暴れれば森の中から逃げ出す獣が増えるのは理解できる。

そう前置きしつつも常識的な意見として、大龍の行動変異そのものは環境の変化によるものではないかとシイツは言った。

冷害なのか、或いはペイスが山をなくしてしまったからか。植物をはじめとする生物の生育環境が変われば、大龍もまた暴れて当然ではないか。というのがシイツの意見。

しかし、ペイスは首を横に振った。

「大龍の寿命は分かりませんが、あれほどの巨体となるにはそれ相応の年月がかかっているはず。百年か、二百年か、或いは千年か。ならばその間、環境の変化や異常気象が皆無だったとも思えない。数年前の、それもたった一度の冷害だけで、或いはここ一年程度の環境変化程度で、大龍が暴れ出したというのは不自然でしょう。そんな程度で龍が暴れ、森が荒れるのならば、もっと頻繁に森が荒れていて、何なら生物が近寄らないぐらいのほうが自然です。最近になって暴れ始めた理由としては違和感がありませんか？」

「なるほど」

天候というのは、常に平均的に推移して、ある時だけ異常になるのではない。寒さ暑さ、干天降雨を行ったり来たりしながら過ぎていくものだ。

コインを投げて裏表を見るようなもので、長い目で見れば平均的になるとしても、局所的に見れば数年単位で雨が続いたり、寒さが続いたり、或いはそれらの逆であったりという状況は起こり得る。

ここ最近の気象が、大龍も森から出てくるほどの異常であったとするならば、今まで同じような気象であった時には何故出てこなかったのかという話だ。

気象と大龍の行動に関連性をつけるよりは、気象変動とは無関係に、大龍そのものに問題があったと思うほうがより正解に近いはずとペイスが言う。

「大抵の動物は、産卵期や繁殖期には食欲が旺盛になりますし、気が荒くなります。子連れの熊には気をつけろと言いますよね」

「ハースキヴィ準男爵から聞いたような気がしやす」

「龍の繁殖期の間隔は知りませんが、仮に繁殖期だったとしたら、龍の気も荒くなり、食欲が増大して、常以上に行動が過激になっていた可能性は高い」

「なるほど」

大龍が荒れ、森で暴れた理由を天候に求めている人間は多い。

しかし、卵が見つかったことでペイスは別の仮説を思い浮かべたのだ。

それが、大龍の繁殖期であったという説。

事実として卵が出てきたのだし、大龍とて生物であるなら繁殖もするだろう。とすれば、特定の生物のように繁殖期があっても不思議はない。

「魔の森から出てきたのも、もしかしたら巣作りの為とか」

そしてペイスは、さらに仮説に仮説を重ねる。豊かな想像力のなせる業だが、聞いていたシイツは顔を顰めた。

「だとしたら、ヤバイ話ですぜ」

「何故です？」

「龍がそうなのかは確証がありやせんが、繁殖なら番《つがい》がつきもんでしょう」

「なるほど、確かに雌雄の別があって、伴侶を持っていた可能性はありますね」

シイツの意見に、少年はポンと手を打つ。

確かに、単為生殖ならばいざ知らず、卵を産むような生物なら、雌雄の分かれているほうが摂理だろう。今回見つかった大龍が卵を産む雌とするなら、何処かに、恐らくは魔の森の中に、雄が居る可能性は高い。

「つまり、最低でも後一匹、大龍が森に居るって話で」

「頭が痛くなりそうな話ですね」

ペイスがいち早く討伐したとはいえ、男爵領一つを直接的に破壊しまくり、間接的な被害でも幾つかの領地に甚大な被害を齎した大龍禍。

今後、同じような状況が起きるかもしれないと思えば、ペイスとしても頭を抱えたくなる。

「……森への調査はどうしますんで？」

「細心の注意を払い、時間を掛けて慎重にやっていくしかないでしょうね」

モルテールン家が魔の森を下賜される。それは既に確定事項として、今は遠方在地の貴族などに周知する手続きの真っ最中。

一国に比するほどの広大な森林地帯を手にする。それはそれで旨味もあるのだろうが、今の段階では不透明感が強すぎる。森の地形も植生も生態系も気候も何もかもが不明。しかも、大龍が最低一頭生息しているかもしれない。人を飲み込み帰さないといわれる魔の森。事実として未帰還者を量産している場所だけに、どんな危険があるか分かったものではない。

故に、このまま放置しておくのは下策である。いざ何かトラブルが起きた時でも、情報をどれだけ持っているかで対応が変わってくるのだから。すぐ隣に危険が寝起きしているなら、危険の正体ぐらいは知っておかねばおちおち寝られもしない。

だがしかし、藪《やぶ》をつついて蛇《へび》どころか大龍が出て来ては目も当てられないだろう。実際一度伝説級の化け物が出てきて、南部の一部を壊滅《かいめつ》状態に追い込んでいるのだ。一度も起きたことがないなら今後も起きないかもしれないが、一度起きた以上は二度目や三度目があっても不思議はない。一か八かのギャンブルのような戦闘は、当分御免というのがモルテールン家の総意である。必要ではあるが慎重に調査する。最悪、ペイスの世代では終わらないかもしれないが、それも止むなしと決断した。

「しかし、そうなってくると森への調査を提言したってのは、問題意識の確かさってもんで」

「プローホルは中々優秀ですね」

問題が多々山積しているなか、ベテランを含め他の人間が眼中にすら入れていなかった魔の森のリスク。こうして改めて考えるに、将来的、潜在的なリスクとしては確かに無視できるものではない。

問題の芽を事前に摘むのが良い為政者だとするなら、芽を見つけられる人間は優秀な為政者になる才能を持っている。

「ええ。他にもあの世代の連中は粒ぞろいでさあ」

流石はペイスの愛弟子だとシイツが茶化したが、あながち間違ってもいない。

優秀な人間を集めた学校で、ペイスがみっちりと基礎から教えたのだ。耳学問の連中と比べるならば、体系だった知識を身につけている分だけ地力がある。

騒動が起きたときの対処の仕方であったり、未知のトラブルが起きたときの解決方法の模索であったり。問題が提示され答えを考えるという点については、学問というものをきちんと学んだ人間だけが持ち得る賢さがあった。考えることに慣れているといった感じだろうか。

戦場の叩き上げで成り上がり、艱難辛苦を極めながら手探りで経験を積んでいったシイツからすれば、羨ましささえ感じるほどだ。

「寄宿士官学校卒というのはそれなりに目安になりそうですか？」

「一定水準の知識と常識があることは保証できるって話で。優秀かどうかは当人の資質でさあ」

答えがある問題ならば、論理的に考えれば正解を見つけることはできる。少なくともエリートと呼ばれる秀才たちは、その手の〝正解探し〟は得意だ。

対し、答えのない問題でどこまで深く考えられるかは、当人の資質や知識、或いは経験に左右される。

これればかりは勉強して身につけられるとは限らないわけで、評価する側も難しい判断を要求される資質だ。

「傭兵の中にも優秀なのが居ますしね」

「俺みてえな？」

「自分で言うものではないと思いますが、そのとおりです。シイツ程とまでは言わずとも、人を率いた組織運営を知っていて、上の世代からきちんと物事を教えてもらっている人間は使いやすい」

今モルテールン家で最も不足しているのは、中間管理職である。

数年前であれば領主が全ての仕事を把握し、或いは差配《さはい》して、部下はその手足となって言われたとおりの仕事をしていればよかった。

しかし領地も拡大し、政務の質と量が増大した現在、一から十まで全てをトップが把握するというのは難しくなってきている。

となればトップの判断余地を減らす為に、ある程度の裁量を任せられる人間、即ち管理職が必要になるわけだ。

上層部の意思や目標を十全に理解し、噛み砕いて部下に仕事を割り振り、そして正しく結果を出すことができるかどうか。

プレーヤーとしてではなく、マネージャーとしての能力。この辺は、経験によって培われる部分も大きい。優秀かどうかの話と従順であるかどうかは別の話であるし、自主性や責任感があることと、知識や知能は別問題である。頭が無茶苦茶に良くても、命令待ちしかしないなら上司としては不適格だ。

その点、傭兵団の幹部というのは良い。

傭兵の集団という個性の塊を纏《まと》め、曲がりなりにも規律正しく成果を出してきたというのは素晴らしい資質である。

管理職として必要なものを持っていると、結果が証明しているのだ。シイツがそうであったように、〝人を使う〟ことについてのノウハウを教えてもらった経験者は、何人いても困らない。

「なら、これからも人を増やしましょうや」

寄宿士官学校だろうが、他の貴族の伝手《つて》だろうが、或いは傭兵の一本釣りだろうが。やれることはやって、人材を集めればいい。

シイツの意見に、ペイスは頷いた。

そのうえで、もっといい方法はないかと考える。

「選抜試験でもやりますか？」

「またそういうことを言いますかい」

もういい加減慣れて来てはいるものの、ペイスがまた常識から外れたことを言い出した。

少なくともこの国の貴族社会では、採用はほぼ縁故による。能力を見て採用するにも、スカウトによるものが大半だ。

大規模に試験をやって人を採用しようなど、聞いたこともない。

「分かりやすいでしょう。何なら、合格基準を事前に明示しておいても良い。体力と武力と知力と、後は性格と精神力ですか。一定の基準を設けて、複数人の試験官で公平に審査する。縁故のない優秀な人間が集まりそうじゃないですか」

選定の基準線《ボーダー》を設け、一律の審査基準で機械的に篩《ふる》い分《わ》ける。

できなくはないし、言いたいことも理解できると従士長は言うが、そのうえで反対意見も言う。

「上手くいきゃあ良いですが、今それをやると、間違いなく他所のひも付きだらけになりますぜ？」

「うちは美味しいご馳走でしょうからね」

金が腐るほどあり、陞爵を重ねる上昇気流に乗っていて、しかも秘密がたんまりとある。

そんななかで広く人材を募集しますとやれば、スパイを集めるゴキブリホイホイのようなものではないか。

シイツの疑問には、ペイスもそのとおりと答える。

「分かってんなら、何とかしてくだせえ。全部坊のやらかしたことのせいでしょうが」

「それは違います。父様が英雄でなければせずに済んだ苦労も多い」

一から十までペイスの仕業である。従士長や、或いはカセロールなどはそう言いたいところだろう。

しかし、ペイスとしては父親のやらかした部分も大きいと言い訳する。母方の実家とのトラブルであったり、王様から目をつけられていることだったり、遡ればそもそもモルテールン地域のようなド貧乏領を嬉々として貰《もら》ったことからして父親のせいである。

ペイスは、そんな貧乏くじを引いた状況を何とか改善したかっただけなのだ。結果としてほんの少し〝やり過ぎ〟だったかもしれないが、モルテールン領が最初から豊かであれば、ペイスがやらかすこともなかっただろう。

「そりゃまあ。しかし、大龍に関して言やあ、完全に坊のせいでしょうが」

「あれも責任はボンビーノ子爵家のウランタ殿と折半です。僕はトドメを刺しただけですし、そもそも援軍ですから僕に責任は有りません」

「おうおう、言ってら。ああ、それで、話は戻りますが大龍の件」

「はい？」

何となく、目を逸《そ》らしたかった。というより目を逸らしていたペイスに、従士長が目下の最大懸案事項を改めて突きつける。

「この卵、どうするんで？」

「……どうしましょうかね？　いっそ、プリンの材料にでもしてみますか。美味しいプリンができるかもしれません」

「止めてくだせえ。卒倒する奴が大隊規模になりやす」

ペイスたちの目の前には、ドラゴンの卵が鈍く光っていた。

王都への移送と事変

王都モルテールン別邸。

モルテールン領にある本宅の屋敷は改装に改装を重ねて立派になっているが、こちらの別邸は質素な一軒家である。庭も花壇が僅かにあるかどうかの小さいものだし、屋敷の部屋数も片手で足りるというこぢんまりとしたもの。

とても、今を時めく国家の重鎮モルテールン子爵が住むとは思えない。

元々は大貴族が愛人を囲うのに使っていた家であり、目立たないように建てられていたのだが、その飾り気のなさが生粋《きっすい》の軍人たるカセロールの好みに合って購入することになったものである。

そう、カセロールは英雄と呼ばれてはいるものの好みは渋い。

元々贅沢などとは縁遠い貧乏騎士爵家の生まれであるし、魔法を授かってからも、実家は本家筋の連中に虐《しいた》げられ、その実家の中でも跡を継がない男子ということでこき使われていた。常に抑圧のなかで育ったため、どうにも高級品に囲まれた生活が肌に合わないのだ。立身出世を果たした後も貧しい領地で一生懸命だったし、金を湯水のように使うことに対して長年培った感覚が嫌悪感を示すのだ。貧乏性ともいう。

勿論、貴族として最低限の見栄は保つようにしているのだが、それにしたところで嫌々やっているようなところがある。

愛する妻や可愛い子供たち、或いは孫たちに囲まれながら程ほどに、偶《たま》に贅沢を楽しむぐらいで良いではないか。

カセロールの偽らざる気持ちではあるが、これについては家族も賛意を示している。

穏やかで落ち着いた生活とは、カセロールにとって欲してやまない、憧れの生活だ。

そう、特に最近強く憧れるようになった、夢のような生活である。

「お前は、落ち着くという言葉を知らないのか？」

モルテールン子爵家当主は、またも息子が持ち込んだ問題について頭を抱える。

救国の英雄と祭り上げられ、元々平穏とは縁遠かったカセロールであるが、ペイスが生まれてからこの方、尚更落ち着いた生活が遠のいてしまったと肩を落とす。

我が息子ながら、もう少しぐらい、落ち着いてほしい。まだ大龍討伐の騒動から数か月ほど。一年も経っていないのだ。あれほどの大騒動の後、五年や十年ぐらい大人しくしていても誰も文句は言わないぞと、父親は息子の頭をぐりぐりと乱暴に撫《な》でた。

「知っていますよ。僕としては平穏で豊かな、心落ち着く生活を望んでいます」

父親の手荒い愛情表現に、不満そうなペイス。

自分だってトラブルの起きない日常というのは望んでいることだと主張する。

「その割に、騒動事を持ち込んできたようだが」

ひとしきり、八つ当たり気味に息子を撫でたところで落ち着きを取り戻したカセロールが、椅子に座る。

ペイスもカセロールの目の前にある椅子に座り、報告を続けた。

「騒動事になるとは限りません。むしろ騒動にしないために、こうして相談に上がったのです」

「物は言いようだな」

「事実を言っていますので」

「それで……これは何だ？」

カセロールの目の前には、一見すると金属の鉱石と思えるような塊が置かれていた。

形こそ丸みを帯びた楕円の球形、所謂《いわゆる》楕円体のようなものであるが、ぱっと見るだけでも鈍色に光る金属光沢が分かる。

形からはどうにも、あるものを想起させる。カセロールは嫌な予感を覚えつつ、ペイスに未知の物体の正体を聞く。

「卵です」

やはり、と言うべきなのだろうか。

質感はともかく、形から言えば明らかに卵と思われる形をしていたのだ。その答え自体は予想していた。

問題は、この卵がどんな生物の卵なのか。

カセロールの淡い期待。そう、本当に淡く儚《はかな》い期待としては、この未知の物体が、新進気鋭の芸術家辺りが作り出した新作の芸術作品であり、何の変哲もないありふれた金属から作られた卵のレプリカだというもの。

勿論、カセロールとしてもそんな淡い期待をするだけ無駄だと分かっている。むしろ、こんなものをわざわざペイスが秘密裡に持ち込む点で、答えなどおおよそ見当がついているのだ。

それでも、期待せずにはいられない程度には、予想しているものが突拍子もなさすぎる。

「こんな大きな卵、何の卵だ？　聞くまでもない気がするが、一応確認しておく」

「大龍の卵、と思われます」

やはり、であった。

僅かな希望は無残にも打ち砕かれた。

大龍を討伐したというだけでも大騒動であり、現在進行形で後始末や余波によるトラブルが頻発しているなか。それに油を盛大に撒《ま》いて火を点《つ》け、風まで煽りそうなほどの事件である。

「……本当に、頭が痛い」

「お察しします」

ペイスとしても、カセロールには同情する。

元々下級貴族の傍系《ぼうけい》として育ち、苦労しながら貴族としての立ち居振る舞いを身につけたカセロールには、貴族社会の社交は苦手分野。気疲れすることである。

それが、大龍のこともあってここ最近は連日連夜社交界に呼ばれ、主役になっていたのだ。

いい加減、心労で倒れても不思議はない。

「詳しく話しなさい。まず、これはどこでどうやって見つかった？」

それでも気丈に、父親然として、また一家の当主として、問題に対処するべく背筋を伸ばすカセロール。幸いと言って良いのか、まだ問題としては対処のしようもあることだ。ペイスによる情報封鎖も行われていて、ここに大龍の卵があるということは身内以外に知られていない。

正しく対処するのであれば、まだ問題を芽のうちに摘める可能性はあるのだ。

対応を間違えない為に正確な報告が要ると、続きを促す父親。

「詳細はここにまとめてありますが、掻い摘んで話せば、大龍の体内から掻きだして、肥料にでもしようと脇に置いていた排泄物の中から見つかったのです。ソキホロ所長の所見では、どうやら卵のようであると」

「間違いないのか」

排泄物の中から見つかったというのなら、未消化物の可能性もある。

大龍が、少なくとも人間を食うことははっきりしているのだが、それ以外に普段何を食べていたのかは未知数。

食べたものを消化した成れの果てが目の前の物体である可能性もあるはずだ。

「大龍の生態などは皆目分からないので、推測の域を出ることはないでしょう。しかし、蜥蜴と類似する器官が多くあることから、総排泄腔が大龍にもある可能性は高く、仮に排泄器官と生殖器官が繋がっていたのなら、排泄物に卵が交じっていてもおかしくないだろうと考えます」

「ふむ、なるほどな」

勿論、ペイスは未消化物である可能性を否定しない。というより、謎が多すぎて否定する材料がない。

「付け加えて言うなら、当初は見た目と硬さから鉱物の可能性を考えていましたが、どうあっても既存の鉱物とは一致しないという意見もあります。これはソキホロ氏が専門家として断言したことです」

鉱物についてかなり詳しい知見を持つ専門の研究者が、それも国内最高峰の王立研究所で働いていた一流の専門家が、自分の専門性に懸けて断言した以上、これはもう確定事項として扱うべきことなのだろう。

本来、未知のものを調べるとき、それが何であるかを調べるよりは、それが何か〝でない〟ことを調べるほうが難しい。

仮に、一枚の絵を見せられたとする。自分の知っている絵を見せられて、ああ、これはピカソの絵だね、と断言することは容易《たやす》い。単純な知識の話だ。

しかし、知らない絵を見せられて、ピカソの絵でないことを断言するのはどうだろうか。ピカソの作品を網羅しているか、或いはピカソのタッチや癖を熟知し、科学的調査ぐらいはしておかねば、ピカソの絵でないことは断言できないだろう。未発表作と思われるものが発見されて、それが本当にピカソが描いたものか調べろと言われて、半端な知識で断言できるはずもないだろう。

ソキホロ所長は、鉱物についての熟知をもって、また色々な確認作業を経たうえで、見知らぬ物体が〝鉱物でない〟ことを断言してみせた。

これはこれで、相当に凄いことである。

「あとついでながら、大龍の生態について研究所が試料を入手して調査中とのことです。今は目ぼしい研究室がこぞって試料を奪い合っている段階だそうですので、近々もう少し詳しいことが判明すると思われます」

モルテールン家は、龍の頭蓋骨や幾つかの素材については王家に献上している。元々領地貴族は収益の一定割合を王家に上納する義務もあるわけで、大龍の件でもそれに倣《なら》ったのだ。

ちなみに、その褒美として色々と提示されたのだが、その全てをカセロールは断っている。

王都に大きな屋敷を貰う必要もないし、王家の血筋のお姫様を側室《そくしつ》として迎える必要もないし、お金も有り余るほど稼いでいると断ったし、国宝の下賜なども持て余すからと断った。

唯一、ペイスがたっての願いとして求めた褒美は、王立研究所からの機密情報と、大龍についての研究結果の無償譲渡。

王家がタダで手に入れた大龍の素材。頭蓋骨は防腐処理の上でデカデカと飾られることにはなるのだが、他にも多くの素材があり、これらの一部は研究機関に下賜されることになった。

今まで謎に包まれ、伝説上の存在ともされていた大龍の生態について、研究者ならば知りたいと思うのが当然だろう。

大龍の生態についての知見は生物学的に見過ごせないし、下手な金属以上に硬い鱗《うろこ》を調べるのは素材系の学問にとって必須事項だ。鱗を人工的に再現できるようになれば、神王国はあらゆる武器を防ぐ無敵の盾すら手にできる。

魔法系の学問も、大龍の持つ特性を再現したがるだろう。建築系の学問でも大龍素材は明らかに役に立つと分かっている新建材だし、果ては服飾系でもドラゴンデザインはホットなトレンドである。

これらの各研究室での研究結果。本来であれば出資者である王家が情報を独占することも可能なのだが、そこは強《したた》かな知恵袋のあるモルテールン家だ。大龍に関わることという条件付きながら、隠すことなく全てを知ることができるように交渉した。

形のある即物的なお宝や利益より、形のない情報や知識といったものを欲する。

この意味が分かる人間は、モルテールン家の先見の明に感心したという。

「ふむ、ならば情報が揃うまで待つというのも一つの手だが……気が進まんな」

「何故です？」

「不確定要素が多すぎるからだ。今、当家に向けられる監視の目は空前絶後と言っていい。こうしてお前と話していることも、すぐに多くの人間の知ることとなるだろう」

「そうですね」

「卵の件を、いつまでも隠し通せると考えるのは、希望的観測が過ぎると思わないか？」

「それはそのとおりだと思います」

目下、モルテールン家に対する諜報活動は熾烈《しれつ》を極めている。

モルテールン家別邸で働く使用人は五人程だった。今は急遽《きゅうきょ》増やして二十人程になっている。元々身元の確かな人間しか雇っていなかったのだが、彼ら、彼女らに対する工作に、国家予算並みの金が動いているといえばその凄さも分かるだろう。

王都の治安維持を与《あずか》るカドレチェク公爵が、平民の庭師を守るためだけに一個小隊を動かして護衛しているレベルである。洒落《しゃれ》になっていない。

龍の卵の情報も、どこまで隠し続けられるか未知数。いずれバレると思っていたほうが良いだろう。

ならば、いっそバレる前に公表することを考えるべきではないか。

カセロールは、そう判断する。

「王家へ献上するのが一番だな」

「やはり？」

「こんなもの、うちで抱え込んでどうする。元々予想していなかったこと。当面、金儲けを考える必要もない以上、面倒ごとは上に被せてしまうに限る」

「ですが……」

「何だ、気に入らないか？」

面倒なことを抱え込むのは御免だというカセロールの意見に、ペイスはどうにも素直に頷く気配を見せない。

「正直に言うと、勿体ないです」

「勿体ない？」

「だって、もう今後手に入らないかもしれない卵ですよ？」

「そうだな」

ペイスの眼が、段々と怪しく、据《すわ》り始める。

我が息子の異常さをよく知る父親は、このうえなく嫌な予感を覚え始めた。

「なら、どんな味がするのか、知りたいじゃないですか!!」

ダン、と立ち上がり、勢いよく宣言するペイス。

気色ばみ、語気を荒げ、全身をいっぱいに使って自己主張を始めた。

これだ。これがあるから、ペイスは問題児なのだ。

「世界中でここにしかない卵!! これを使えば、もしかすると今までにない最高のスイーツが作れるかもしれないじゃないですか!!」

「はあ」

暴走を始めた息子に、溜息をつくカセロール。

「タルトに使って良し、ケーキに使って良し、焼き菓子に使って良し、プリンにだって使えます。そうだ、どうせイレギュラーなものです。元々なかったことにして、こっそり食べてしまいましょう!! それが良い!! 今からぶっ壊してしまえば、全ての問題は解決です。美味しい話で一石二鳥!!」

「そんなわけあるか、バカ息子!!」

賑やかな親子のやり取り。

結局、王家に献上するのが一番ではないかと結論が出るのだが、幸いなことに、いや不幸なことに、この日の親子の会談は無駄になる。

卵が、盗まれてしまうという事件が起きたのだ。

朝駆けのイサル

アナンマナフ聖国聖都アフジャルン。

単に聖都とも呼ばれる国の首都だが、その中にあってひと際目立つ場所に大聖堂が聳《そび》え立《た》っている。

建てられてから五百年以上経つという歴史的建造物は、改築と改修を繰り返しながらも町のシンボルとして立ち続けてきた。

聖国が国教とするシエ教の総本山としても機能している宗教的聖地でもあり、生半可《なまはんか》な人間は近づくことすら畏《おそ》れ多《おお》いとする建物の中。

とある一室で、一人の男が来訪者を歓迎した。

「よく来たイサル」

来訪者の名はイサル＝リィヴェート。

聖国の十三傑で序列五位に列せられる魔法使い。

近隣諸国にその名を知られる、朝駆けのイサルとは彼のことだ。

その気になれば空駆ける隼《はやぶさ》よりも早く走れる魔法を持ち、戦場では目にも止まらぬ縦横無尽の動きから、走る死神とも恐れられた武闘派である。

「わざわざ呼びつけるとは、余程のことか？」

「ああ。お前に一つ、頼みたいことがある」

イサルを呼びつけたのは、十三傑の序列一位。

ビターテイスト＝エスト＝ハイエンシャン。

聖国の中では教皇にさえ一目置かれる俊英であり、頭脳明晰にして沈着冷静と謳われる。燃えるような赤い髪に鍛え上げられた体躯《たいく》。どちらかといえば騎士といわれたほうが馴染《なじ》む見た目でありながら、聖国でも指折りの魔法使いとしても知られる若き才人。

そも、魔法使いというのは神から才能を与えられた申し子だ。

聖国ではそういう教えが存在する。過去存在した教義であり、一部では今でも講義されている。

それだけに魔法使いの中には、『我こそは聖法使いであり神の代弁者である』などと言い、増長するものまで居た。癖の強さというなら誰をとってもアクが強く、大なり小なり自分勝手な性格をしているのが聖国の魔法使い。

自己中の塊のような連中を御し、時には力で、時には信頼で、そして時には理屈と利益をもって従え、そして組織化するのは並大抵の苦労ではない。

ビターが先代の序列一位から今の組織を引き継いだときも、そして今現在も、苦労の量と質は変わらない。

我の強い天才たちの集団。それが聖国の魔法使い。中でも選《え》りすぐりが十三傑と呼ばれる。

そう、選りすぐっているのだ。選ぶのは勿論組織を運営する側の人間。

つまり聖国十三傑とは、数多く居る聖国魔法使いのトップに与えられる称号であり、同時に組織に属する柔軟性を持つことの証明である。

上意下達を受け入れた魔法使い。

基本的に、序列一位からの頼みごとを、序列五位の者は断ったりしない。とりわけイサルという男は秩序を守ることには好意的な人間である。序列を守ろうという意識の強いことでも知られていた。

「頼み事とは何だ？　何をすればいい？」

案の定、ビターの頼み事について、内容を聞く前から受け入れるイサル。

頼もしい仲間の姿勢に、少しばかり相好《そうごう》を崩した赤毛の男が、一枚の命令書と共に話を続ける。

「神王国から、一つ手に入れて来てもらいたいものがあるのだ」

「手に入れてほしいもの？」

「ああ」

「……大龍関係だな」

渡された命令書の内容を見るまでもなく、イサルは内容を察した。

「よく分かったな」

「分かるだろう。余程の間抜けでない限り、今の神王国に手を出すとするならそれ以外にない」

「耳聡《みみざと》いことだ」

「ふん」

聖国は、宗教的に神王国と対立し、政治的には他の全ての国家と敵対している。

これは歴史的な部分も大きく、また神の教えと威光をあまねく広め、世界を一つの共同体としよ

うとする教義そのものが原因でもあった。

絶対的に正しい存在があり、一つの正義があり、全ての人間は神のもとに平等。ここまではよくある一神教だ。

正しい教えを広めることは善行で、誤った者は正しき道に教え導くべき。この考え方も、身内だけであればまだ良い。

問題は、過去にこの教えを原理主義的に適用し、他国にまで宗教を理由に干渉したことだ。

聖国が今よりも強大であり、神王国もなかった時代。周辺国に対しては相当に独善的な態度を取っていた。結果として周辺国全てが敵になり、政教分離を旨とする神王国というアンチテーゼが勃《ぼっ》興《こう》するに至り、聖国は外交方針を穏健なものへと転換し、今に至る。

現在でも、周辺国全てが仮想敵という事実は変わらない。敵に対する情報収集は何をするにも必須なわけで、今でも聖国内で色々な組織が対外諜報を行っていた。

耳聡いというのは、そのあたりのことを指しての言葉である。

「何を手に入れてくるかを伝える前に……お前は、例のオークションについてどこまで知っている？」

ビターがイサルに質問を重ねる。

お互いの共通認識のすり合わせの為だ。

十三傑はそれぞれにスポンサーとなり政治的後ろ盾となる枢機卿がいる。それぞれの枢機卿は同じ信仰を持つ同志であると同時に、教皇という座や美味しい利権を争う政敵でもあった。

それだけに、お互いにお互いが情報を出し渋るという面もあり、十三傑同士であっても情報に齟《そ》齬《ご》がある場合も珍しくないのだ。

「オークション？　ああ、大龍の体を切り分けて売りさばいたという悪趣味な競売市だろ？　そこで龍の素材が大量に売られたことは知っている」

どうやら、イサルの所でも神王国で行われた競売のことは耳に入っているらしいと知り、ビターは軽く頷く。

諸外国からも人が集まる程だったという大龍の競売のこと、耳に入っていないはずもないのだが、それでも共通認識は大事だ。

聖国では商売や金儲けを卑しいものとする風潮がある。宗教国家故のことではあるが、商業軽視の風潮は根強い。毎日朝早く起きて神に祈り、畑を耕し、家畜を世話し、父母を敬い、隣人を尊重し、感謝と共に生きるのが良い人間だとされているのだ。

他人のことを騙《だま》すような真似をして、自分が汗をかくこともなく利益を貪り、楽して儲けようとする人間は、悪だとされる。

勿論程度の問題であるし、聖国にも商売人は居るわけで、金儲けそのものが悪いこととされているわけではない。

しかし、不当に儲けを貪る行為に顔を顰める人間が多いのも事実。

聖国人の価値観からすれば、善人の射幸心《しゃこうしん》を煽り、自分が儲けるために手練手管《てれんてくだ》を使い、他人を競わせて金貨を稼ごうなどというやり方は、下種《げす》の極みと言わざるをえない。

よくもまあそこまで卑しく金儲けに邁進《まいしん》できると、蔑む気持ちがあるわけだ。汚らしいものを直視したがらない者も居るなか、情報共有ができていること自体は喜ばしい。内容は、嫌悪の極みにあるような卑しい話だが。

男の、隠しもしない嫌そうな顔に、そのとおりだと頷くビター。

「売られたものの内容については？」

「爪だ牙だ骨だと、露悪《ろあく》趣味のようなものだったとだけ。ああ、そういえば嘘くさい話として〝癒《いや》し〟の効果がある大龍の血についても売られたと聞く。我々の身内からも競売に参加していたと聞いているが」

自分と近しい人間が、競売に参加していたというのは実に忌々しい。吐き捨てるようなイサルの言葉に、これまたビターは相槌《あいづち》を打つ。聖国としても、大龍の血が持っているという効果の程は国益に直結することであるため、確認の為に複数の人間が競売に参加したのだ。

実際、〝癒し〟というのは、聖国でもかなり重要な内容である。

十三傑の一人、序列二位のマリーアディット＝アドビヨンは【治癒】の魔法を使う腕利きの魔法使いだ。聖女の異名を持ち、アドビヨン枢機卿が伸《の》し上《あ》がったのは彼女の力も大きかったという。まだ二十歳そこそこの若い女性である。魔法の力が稀有であり、誰が見ても有用なことから、成人すると同時にアドビヨン枢機卿が籠《かご》の鳥として囲った。武闘派とも言われる彼《か》の御仁に守られていなければ、恐らく聖女は暴力的な手段で命を狙われていたに違いない。或いは監禁されて魔法を使う道具にされたか。

それほどに有用で、敵対勢力からすれば危険な存在。

しかし同時に、成人してから七年以上、彼女に命を救われた人間は数知れず。素人目にも神様の力だと信じやすい効果でもあるため、国の上層部は〝癒し〟の力を全力で活用していた。

たかが数年、されど数年。聖女の齎した利益は膨大である。

だからこそ、大龍の血なるものが聖女の代替足り得るとなれば、心穏やかには居られない。嫌悪すべき競売に聖国人が参加したのも、尤もな、そして切実な理由があったのだ。

「ふむ、ではそこで出品された〝規格外〟については聞いていないな」

「規格外？」

「そうだ。当日、会場限定で販売された金属についてだ」

「知らないな」

大龍の血や肉に〝癒し〟の魔法的効能が謳われていることは、モルテールン家も情報を隠すことなく公開していたため、イサルのような人間でも耳にしている。

対し、競売の現場に行かねば分からなかった、当日出品の品については情報も限られていた。

このあたりの情報は、流石に齟齬が生まれているらしい。

「龍金《りゅうきん》、というものらしくてな。何でも軽金《けいきん》の上位互換という話だ」

「何⁉　そんなものがあるのか」

龍金。

ビターが語ったように、魔法金属として唯一の存在であった軽金の上位互換を標榜している。

軽金そのものの〝製法〟は、国の上層部にも知らない人間が居るほどのトップシークレット。

というよりも、過去の遺産として残されている軽金を未だに運用しているというほうが正しい。

歴代教皇のみが閲覧《えつらん》を許されるような、秘中の秘として軽金の〝作り方〟が受け継がれてきたという。

実際の技術としてみるなら、既に失伝している技術と言っていい。

だからこそ、龍金という上位互換の魔法金属が出回りだしたことに、今更ながら聖国は焦っているのだ。

「その件については詳細を調査中だ。しかし、龍の名を冠した新素材が出回ったのは事実。龍金についても確度はかなり高い」

「なるほど、その龍金とやらを手に入れたいということだな」

魔法という力を独占するからこその権力。聖国では、神の力ともされる超常の能力が魔法なのだ。

それが、一般に流布されるかもしれないとなれば一大事である。

イサルがそう考えたのも無理はない。

軽金の上位互換という龍金なる素材。これを奪取するのは大いに国益に叶う。十三傑の一人を動かすに足る理由であると、納得もしよう。

「早合点するな。確かに龍金とやらは実在すれば素晴らしいものだろうが、なければすぐにどうこうというものでもない。今後、外交交渉で手に入れることは可能だ」

だが、ビターは龍金については首を横に振った。

元々、政治的な知見の確かさや、見識の高さが評価されているビターである。その彼からすれば、龍金というものの存在は驚愕であるが脅威ではない。

どういうことかと首を傾《かし》げるイサルに、軽く説明するビター。

下位互換とはいえ類似の軽金を聖国は持っていることや、物が即物的であり、既に競売で売られたという実績がある以上、金銭を対価にして購《あがな》うことは難しくないというような内容だ。

今すぐ、どうしても手に入れなければならないようなものではなく、今後のやり方次第で手に入れることができるもの。今、無茶をして手に入れるぐらいなら、他の手段が全て失敗してからでも遅くないという話に、イサルは納得した。

「ならば何だ」

「……龍の卵、というものがあるかもしれない」

「ほう」

これが本題か、とイサルは姿勢を正した。

「元々、軽金については教会でも上層部しか詳細を知らん。しかし、どうもこの軽金に関わることで、龍の素材が関係しているらしい」

「よく分からんな」

「軽金が〝作れる〟もので、龍金もまた龍の素材から〝作られる〟可能性があるということだ」

「可能性？」

「可能性だ。不確かなことだから口外はするなよ」

「ふむ」

両者の会話は歯に物が挟まったような物言いになる。

ことが、上層部すら秘匿《ひとく》するとてつもなく重要な情報だということが分かったからだ。

「良いか、軽金だろうと、龍金だろうと、数が限られるのならば大して問題ではない。しかし、もしも龍の卵なるものが事実だとするならば、今後〝特殊な金属を量産〟できるかもしれないのだ」

「大事《おおごと》だな」

先にビターが述べたとおり、仮に軽金の上位互換ともいえる戦略物資が現れたとして、その量に限りがあるものならば、問題は限定的だ。

今まで宗教勢力が独占してきたものが、神王国の王家や貴族といった新規参入者によって荒らされる。これ自体は確かに問題だが、もっと大きな視点で観たとき、特権階級による魔法の独占という形式が崩れたわけではないと気づくだろう。

今まで一か所で独占していたものが、二か所で独占される。競争が生まれ、今までのような美味しい思いは減るかもしれない。しかし、独占しているという構造は変わらないのだ。やり方や政治力次第で、今までにより近しい形での利益独占が継続できる可能性はある。例えば、談合という方法もある。話し合いは、利益を守るためにも使えるのだ。

今まで百を独占していたのが、五分五分となるのか、あるいは交渉次第で八分二分となるのか。今後を見通せるわけではないので不確かではあるが、限りなく百に近づけることは可能だろう。

ところが、龍の卵というものが現実に存在するなら、その前提が崩れる。

〝上層部の秘密〟としてビターが知るのは、龍の素材が軽金や龍金に必要であるということ。そして、龍の素材が〝今後も増える〟ということになれば、それ即ち軽金や龍金の絶対量が増えるということだ。これは、百の分配をどうするか、ではない。百であった価値が半分にも、或いは一にも貶《おとし》められることを意味する。独占が崩れた瞬間、価値の希薄化は避けられない。魔法金属は、数が希少であるからこそ価値を持っていたのだ。

「ああ、大事だ。つまり、龍の卵というものが実在しているならば、我々の手元に置いておく必要がある。これは、国家の存亡に関わる」

危機感をおぼろげに理解したイサル。なるほど、これは十三傑が動くに足ると納得もした。

「よく分かった。それで俺に何をさせたい？」

「龍の卵についての真偽を確認し、事実であればこれを奪取してほしい。できるだろう。【俊足】の魔法を使えば」

魔法を、それも十三傑と称されるほど有用な魔法となれば、〝活用〟次第でできることは増える。そのために、大義名分として命令書を用意したとビターは請け負った。

「俺に、魔法を使って盗人の真似事をしろというのか？」

「そうだ」

飾り気もなく、断言されることで、イサルも腹が決まる。

「ちっ、分かったよ。お前にそこまでされちゃ断れんよ」

「ありがとう。万が一の時も考え、補助と支援は任せてくれ。最大限のことはする」

「頼もしいね」

「……くれぐれも気をつけろよ。モルテールンもそうだが、神王国全部を相手取る覚悟がいる。いざとなったら、逃げてくれていい。龍の卵も大切だが、お前以上ではない」

龍の卵の奪取が仮に失敗したところで、挽回の手立てはある。しかし、稀有な才能を持つ魔法使いを失えば、取り返しはつかない。

どちらが国家にとって貴重か、言うまでもない。

「嬉しいこと言ってくれるね。まあ、任せときな。俺に追いつける人間なんているわけねえんだからよ」

乱暴に書類をひったくった男は、ビターが瞬《またた》きする瞬間には既にその場から立ち去っていた。

船旅

晴れ渡る青空と微風。

港町にとって、これほど素晴らしい天気はない。

波も穏やかで、船乗りたちにとっては絶好の稼ぎ時。

慌ただしく騒がしい船着き場に、大きな荷物を抱えてイサルは立っていた。俊足の魔法使いとしてどんな所でもあっという間に移動できる彼であるが、海の上を走ることはできない。

イサルの魔法はよくモルテールン家の【瞬間移動】と比較されるわけだが、こういう時は瞬間移動のほうが便利だと思う。

勿論、イサルの魔法が【瞬間移動】の下位互換という訳ではない。一度も行ったことのない場所にも行ける点、途中で方向転換も容易い点、軽金などで魔法対策がされた部屋にも入れる点など、いろいろと良い点もあるのだ。

とはいえ、海を越えるためにひと手間が掛かる所は、イサルとしても悩ましい所だった。

「イサル様、これでよろしいでしょうか」

巨大な帆船の中から出て来た男が、イサルに対して慇懃に話しかける。

聖国の持つ公用船の船長で、操船技術は申し分ないと評判の男だ。彼も聖国の中ではそこそこ高い地位に居るのだが、やはり魔法の力で国力を維持する国では、優れた魔法使いのほうが地位は高い。

確認をお願いしますと言われたことで、イサルは積み荷の最終チェックを行う。

船長から、これは何で、あれは何でと逐一説明を受けていく。

一通り聞いたところで、問題ないとイサルは頷いた。

「ああ、これでいい。急がせてしまったが、よくやってくれた。それと、水は多めに積んでおいてくれ」

「はい」

船長は、イサルの任務を知らない。知らされていない。

しかし、神王国との間を往復し、そのうえである程度余裕を持たせるようにとは言われている。

一応多めに水を積んだはずだが、それを改めて確認しておくようにと言われた。

「あとは……これか」

そして、イサルはある意味で最重要な積み荷を確認する。

動かないように厳重に固定された箱を開ければ、中にはこれまた厳重に梱包された物体があった。

中身を知る船長は、一つの素朴な疑問をイサルに尋ねる。

「こんなに〝卵〟を積んで、どうするのですか？」

そう、卵だ。

普通の往復航海で貴人を運ぶ際、貴人の我がままに合わせて積み荷を用意するというのは珍しい話ではない。

ワインを絶対に切らさないようにと厳命する人間や、好物だからと芋を大量に持ち込む人間など、その手の〝調整〟は船長としても仕事のうちだと割り切れる部分。

今回の積み荷で卵を指定された時も、てっきり乗客の食事の好みだろうと思っていたのだが、それにしては変な指示があったのだ。

積み荷の卵は、絶対に、それこそ嵐に遭おうとも割れないようにしておくように、と。

珍しいといえば珍しい指示だ。

工芸品や美術品を運ぶ専用船ならば、こういった積み荷への配慮も当然な話なのだが、今回の積み荷はただの卵だ。それこそ市場に行けば朝採れの新鮮な物が手に入る生鮮食料品。

勿論、卵というのは高級食材であるし、急に手に入れようとしたところで無理やりに産ませられるものでもない。

そういう意味では厳重に梱包するのも分からなくはないのだが、どうにも違和感がぬぐえない。

そんな船長の疑問には、イサルも苦笑いで曖昧に返答する。

「まあ、保険だな。木を隠すなら森の中、というだろう？」

「こんなにいろんな卵を集めるのにも意味があると?」

今回の卵は、一種類ではない。

普通、卵といえば鶏の卵だ。ポピュラーというなら一番ポピュラーなもの。勿論鶏の卵にも種類はあるし、大きさや色合いといった違いはある。

しかし、今回はそれ以外にもいろいろな卵を取り揃えろとの厳命があり、ガチョウ、アヒル、ウズラ、珍しい所では海鳥の卵も集められた。蛇の卵なども積んであり、明らかに異常といえる積み荷だ。

「鶏の卵しかないところにガチョウの卵があれば目立つ。あらゆる卵がある所に多少珍しい卵があっても何の卵か分からんだろ?」

「はあ」

船長は首を傾げる。

言っている内容が分からなかったからではない。内容は分かるが、意味するところが分からなかったからだ。

確かにガチョウの卵を置くのなら、いろいろと種類豊富な卵のある所のほうが、鶏の卵しかない所に置くよりも目立たない。それはそのとおりだ。だから何だというのか。

船長には深い部分は分からなかったが、どうにも何かしらの意図が隠されていそうな感じである。

「お前たちは気にしなくていい。あくまで保険だ。何かの役に立つかもしれぬというな」

「はあ」

「割らないように気を使ってくれればいい。出航の準備をしてくれ」

分かりましたと答え、船を出す準備を始める船長と船員たち。

積み荷の確認と固定が終わり、係留のロープが外され、足場も片づけられる。

「下帆《かはん》を張れ!!」

船長の号令一下、港内で使う下帆を張る。

いきなり全ての帆を張るなどというのは、車でいうならいきなりアクセルをベタ踏みするようなものなので、普通はあり得ない。

まずは、一番扱いやすい下帆を張り、港を出たところで本格的に帆を広げるのだ。

「錨《いかり》を上げろ、出すぞ!!」

船を港内に留めていた錨を巻き上げ、大きな帆船がそろりと動き出す。長い棒で岸壁を押し、えいしょと離れればあとは風に乗るだけ。

のろりのろりとした速度で港から出れば、そこからは船乗りたちが活躍する戦場である。

ばさりと張られた帆にいっぱいの風を受け、船はすすいと波に乗った。

「気持ちいい風だな」

甲板に出ていたイサルが呟く。

速度の出る船の甲板だ。それなりに強めの風が吹く。抜けるような晴天に、流れる風の気持ちよさといったら、自分がそのまま鳥にでもなったかのような気分になる。

自分の魔法のこともあり、強い風に当たるのが珍しくない男だ。風については少々詳しい。

いつも感じている陸の風との違いを感じつつ、気持ちよさに浮かれ気味のイサル。

「そうですね。今の季節は行きは良い風があります」

鼻歌でも歌いそうなお偉いさんに、甲板長が相槌を打つ。

甲板にあるロープなどを纏めながら、今日は良い風だと同意してみせた。

行きに関しては何の問題もないだろうと。

「帰りは？」

「あまり期待せんでください。行きに良い風ってことは、帰りなら向かい風です」

船の場合、追い風や横風があれば速度も速くなる。逆に向かい風なら操船はジグザグと進むことになり、速度も出ない。

風というのは、気圧の配置によって方向が決まる。高気圧から低気圧に向かって風が吹くのだ。

勿論、空気の密度である以上、一か所にじっとしているわけではない。低気圧も高気圧も動く。

しかし、動くとはいってもその動きはある程度の期間を要する。ついさっき低気圧だったものが、一時間後には高気圧になる、などということもない。ましてや季節性の気圧配置ともなれば、何日間かは似たような気圧配置になることが多い。

つまり、季節的な南風ならば、しばらくは同じ方向に風が吹くということ。

行きに追い風ならば、帰りは向かい風。これまた当然の話である。

行きが順調すぎるほどに順調ならば、逆に帰りはある程度風待ちの期間が出るかもしれないと、甲板長はボヤく。

「それもそうか。だとすれば少々厄介な話になるかもしれんな。帰りに風に邪魔されない方法はあるか？」

イサルは秘密の任務を持つ身。敵地でいつまでも長居するなど、リスクが高くなるだけで百害あって一利なし。

順調に航海が進むのは喜ばしいが、帰りに不安があるというのはいただけない。

風に影響されずに帰る、良い方法はないか。

問われた甲板長はしばらく考えて、一つの答えを口にする。

「三角航法ってのがあります」

「三角航法？」

聞きなれない言葉に、思わず聞き返す魔法使いイサル。

「二か所を往復してりゃ、行きと帰りで条件が正反対になるでしょ」

「ああ」

「なもんで、三か所を廻るんです。斜め後ろからの風や横風ならやりようもあるので」

「ほう、なるほど」

聖国の船乗りには聖国の船乗りなりに、創意工夫と受け継がれてきた知恵がある。

聖国と神王国の間は海に隔てられているが、季節性の風は毎年吹く方向がある程度決まっていた。

風を読む船乗りがこの風を利用しないはずもないのだが、利用法にもいろいろとある。

勿論、風を背に受け疾駆《しっく》するというのも利用法の一つ。

他の利用手段としては、横風として利用する方法がある。

追い風の場合は、速度が乗ってくれれば追い風の効果も相対的に弱くなるのだが、横風は速度が乗っていても受けることができる。熟練の船乗りにもなれば、横風の中で追い風以上に速度を出すこともあるという。

その為に、二地点を往復するのではなく、三地点を廻るように航海するという航法を編み出したのだ。

「当たり外れが少ないのが利点ですが、その分当たりが出ても儲けが少ない欠点もありまして」

風に大当たりが来れば馬鹿みたいに速度を稼げる二点間交易と、安定しているが大当たりが来ても稼げる速度は知れている三点間交易。どちらにも一長一短あるので、どちらが優れているという訳でもない。

どのみち風任せな博打《ばくち》には違いないので、一点賭けでドカンと狙うか、分散賭けで手堅くいくかの違いだ。

「ま、全部が全部上手くいく話というものはないな」

「ええ」

世の中、美味《うま》い話などそうそうあるものではない。

しかし任務を考えた時、帰りのことを考えておくというのは、イサルからしても大事なことに思えた。

「ボーハンとレーテシュバルと、もう一か所を置くとしたらどこになる？」

「そりゃあ、グリモワース辺りでしょう。聖国でも指折りの港町で、風を考えればそこ一択ってものです」

船を出航させた港がボーハン。そしてとりあえずの神王国の玄関口レーテシュバル。ここ以外にもう一か所。先の三角航海の拠点を考えておくならどこが良いか。

イサルは航海については素人である。いろいろと良さそうな場所は思いつくが、正解かどうかを確認しておきたいと、甲板長に尋ねる。

甲板長も、質問の答えはすぐに出た。元々大型船がそのまま寄港できる港などそれほど数もないのだ。聖国内でというなら二択か三択。風のことを考えてボーハンを除くとなれば実質一択である。

「異教徒連中の所なら？」

グリモワースという答えはイサルも自分の中で答えが出ていた。聖国の港町で、自分にもなじみが深い所だからだ。

しかし、今回の任務でいうなら、神王国側の良港も聞いておきたい。

甲板長は、今度は少し考え込んだ。

「そうですね、ボンビーノ子爵領のナイリエ辺りが良いでしょう」

幾つかの港町を思い浮かべたところで、ナイリエと答える。諸々の条件を思えば、やはりここが良いだろうという判断だ。

「やはりか。港となると出てくるな」

「海の形が変わるわけじゃあないので、昔からの良港は、今も良港です」

「ふむ、良港が栄えるのもまた道理か」

「ええ、足の長い大型船がそのまま寄れる港っていえば、南大陸を見ても両手で指折りして、指が余ります。そんなところは人も多いので、より便利になっていくわけで、有名なところは昔から有名です」

港の良し悪しの条件というものもいろいろある。

自然の地形として三方を囲む、ないしはくの字になっており、風の吹く方向が限定的であること。

海底の深さが港近くまで十分に深く、喫水の深い船でも船底を擦る心配のないこと。海底が砂地や礫地《れきち》で投錨《とうびょう》に適すること。海の魔物が居着いていないこと。波の高さがあまり高くならない地形であること、などなど。

これら一般的な良港の条件に加えて、経済港や貿易港であれば大消費地との距離が適度で、河川や街道を使った交通の便が良いことなどが更に条件として加わる。

勿論、全てが完璧な場所などまずないので、幾つかの条件には目を瞑《つむ》るなり、人為的に手を加えるなりするわけだが、それにも限度はある。

良い港ができるところというのは、結局のところ昔も今も変わらない。

「良い港には人が集まり、金が集まるか」

「ええ」

羨ましい話だ。イサルはそう呟いた。

金儲けに汲々《きゅうきゅう》とするような人間ではないのだが、それでも金の重要さは理解しているし、あればあっただけ使い道のあるものが金である。

元々の自然の地形が金儲けに向いているというのだ。妬ましさを感じてしまう。

だが、甲板長の意見にも聞くべきところはあった。

「目的地に着いたら、ナイリエに船を回すように」

「船長に伝えておきます」

「ああ、頼む。それはそうと、あとどれぐらいで着く？」

指示を出した所で、これからのことを気にする男。

「風に寄りけりですが、このままなら二十日《はつか》の朝ぐらいでしょうか」

「分かった」

ひと眠りするか、と部屋に戻るイサル。

残された時間も僅かなことに、奇妙な高揚を覚えるのだった。

◇◇◇◇◇

海の上を行くこと飛ぶが如く。

好天と風に殊《こと》の外《ほか》恵まれたことで、レーテシュバルが目前に迫っていた。

「ここから敵地だ。気合入れとけよ」

イサルは、今回連れてきた数人の部下たちに気合を入れる。

敵国と目する国での、秘密裡の活動。しかもその内容は恐らく強盗紛いなものになる。

最悪の状況を想定するなら、全員捕まって拷問の末に死ぬ、ということもあり得るだろう。気の抜けた態度は、船の上までだ。

「レーテシュバルか。えらく景気が良いみたいだな」

「羨ましいことで」

船の上から眺めてみれば、レーテシュバルの港には数多くの船が見えた。

雰囲気というのか空気というのか。肌感覚で感じる活気と熱気が、港町の景気の良さそのもののように感じられる。

「まあいい。まずは三日ほど様子見と聞き込みだ。モルテールンのことを改めて調べるぞ」

いよいよ敵地潜入任務の開始。

イサルは、パンと自分の頬を叩いて気合を入れた。

「よし、それじゃあ行くか」

船からこっそり降りたところで、イサル達は人ごみの中に紛れていった。

酒場にて

南大陸でも屈指の大都会レーテシュバル。港町の喧騒の中、飲食店の立ち並ぶ通りの一角。

満員となるような大人気とはいかずとも、常に客が居る程度には集客力のある店が建っていた。

昼間は食堂、夜は酒場となる、典型的な〝庶民の店〟であるが、この店には一つの特徴がある。

「姉ちゃん、エールもう一杯くれや!!」

「あいよ。どうせなら肴《さかな》も頼みぃや」

「ほな、適当に一品つけてくれるか」

「ほいさ。コラ!! 尻を触るんやない!!」

「ええやないか、減るもんでもないやろ。って痛ぇえ!! 盆で殴ることないやろ」

「うっさい。店追い出さんだけ優しぃ思っとき」

賑やかさのなかに、僅かな違和感。

この店の中では、神王国の標準語とは少し違った言葉遣いの者が多い。訛《なま》りといえば訛りといえなくもないだろうが、それにしてはレーテシュ訛りとも違う。

それもそのはず。この店は、主な客層が外国人なのだ。より正確に言うならば、外国の船乗りたちがメインの客層である。

神王国でも名高い貿易港であるレーテシュバルは、当然のことながら外国人の往来も多い。

レーテシュバルは国際港であるが、かといって無秩序に外国人を入れて好き勝手にやらせていては犯罪と非合法活動と文化摩擦のバーゲンセールになりかねない。ましてや、レーテシュ領内ならまだしも、他の領地に外国人が流れ込んで問題を起こせば、レーテシュ伯の責任も問われる。

故に、外国人は立ち入っていい区域というのが定められているのだ。

基本的に街から出ることには多分に制限の掛けられる外国人が、気楽に飲み食いを楽しめる場所。その一つが、この店という訳だ。

外国人に開かれた門戸、そして店員も外国にルーツを持つ人間が多いということで、特に南方系の客が多い店。

今日も今日とて、そこそこの客入りだ。

「開いてるか？　できれば奥が良いんだが」

「ん？　いらっしゃい。五名様。ああ、ちょっと待ってぇな、そこのテーブルすぐに片づけるから」

店には客が来る。

今回の客は、身なりからしてかなりの金持ちそうだった。

給仕は、こりゃ上客だと内心でほくそ笑み、言われたとおり奥の席の準備をする。勿論、気前のいいチップを期待してのことだ。

「お客さん、どこから？」

テーブルを拭きながら、給仕は客に尋ねる。

「ああ、南からね」

「南ってことは聖国かいな？　遠いとこからわざわざ仕事なん？」

「ああ。ちょっと野暮《やぼ》用でね」

準備ができたのを見計らい、椅子に座っていく客達。座る順番を気にしていることから、やはり偉いさんとそのお連れとみて間違いなさそうだ。

席に着いた客は、周囲をあからさまに警戒しながら注文を伝える。注文のときには、勿論心づけも添えてあった。

給仕が目論んでいたとおり、チップも多めに弾んでくれたのだからよい客だ。これはもう少し粘ってもう一声貰えないかと、給仕は客を観察する。

お客当人が言っているように、聖国のほうから来たような雰囲気がある。訛りもそれっぽい。だが、外国から来たにしては流暢《りゅうちょう》に神王国語を操る。

どうやら、偉いさんの中でもかなりの上流階級らしいとも思いつつ、給仕は注文の品を運び、ごゆっくりどうぞと言葉をかけてその客たちからは離れていった。

追加のチップでウキウキである。

「いらっしゃい」

店に新たに客が来たのは、五人組の外国人客が奥の席に座ってから間もなくだった。

フードを目深《まぶか》に被り、人相は分からない。男か女かも分かりづらい客で、店に入るなりすすすと奥に進む。

「空いているお席にどう……ぞ……」

空いている席を勧めるまでもなく、奥のテーブルに腰かける。

先に座っていた五人が何も言わないことを見れば、どうやら連れだったらしい。そして、あからさまに近寄るなという雰囲気を発し始める。

「ごゆっくりどうぞ」

これは追加のチップは諦めるべきか。

それきり、給仕の頭の中からは、おかしな外国人たちのことが浮かぶことはなかった。

◇◇◇◇◇

聖国十三傑の序列五位イサル＝リィヴェートは、神王国レーテシュ伯爵領領都レーテシュバルで情報収集を行っていた。

元々、魔法の特性上から情報伝達役となることの多かったイサルにとって、情報を集めることは馴染みがある。専門分野とまでは言わないが、どういう人間がどういう情報を持っていそうかということに関しては、ある程度の経験を持つ。

彼がレーテシュバルで行った情報収集は、モルテールン家が〝龍の卵〟を手に入れたかどうか。そして、それが今どこにあるかだ。

「龍の卵は確定か」

「ええ。そのようです」

当初、情報収集にはそれなりに時間がかかると考えていたのだが、ふたを開けてみれば情報は驚くほどスムーズに、そして正確に集められた。

これは、序列一位であるビターテイストが事前に手を打っていたからだ。

神王国は今後、より一層注視すべき。特にモルテールン家に対して、或いはその周囲に対しては最大級の警戒をすべき、と判断した彼の能吏《のうり》が、神王国に対して入念な情報網を表裏にわたって整備していたのだ。

イサルが最も驚いたのは、教皇直轄の諜報部隊。情報を集めることや、時に暗殺なども請け負うプロフェッショナル達までサポートに回ってくれたこと。

おかげであっという間に情報は集まり、今後の活動方針を決めることができる。

その結果、龍の卵の存在は確定した。

外見まではっきりと確定させることはできなかったが、龍の卵が存在することは間違いないと断定されたのだ。

これは第一報として聖国本土に報告されることになる。

「王都か領地か」

「どちらも可能性はありますよ」

そして、龍の卵の存在が確定したところで、問題はその入手。

イサルには詳しく知らされていないが、龍の素材というものは独占しておくべき理由があるらしい。

更には、その独占を崩し、下手をすれば無尽蔵に龍の素材を供給する可能性を秘めているのが龍の卵だ。こればかりはどうしても手に入れねばならないそうだ。

勿論、神王国人も馬鹿ではない。龍の卵の存在が明るみに出れば、防備は厚くなり、手を出すことは早々できなくなるだろう。

情報がまだ隠されている今ならまだ間に合う。

焦りにも似た気持ちが、イサルたちの胸中にはあった。

できるだけ早く、そして確実に卵を奪取せねばならない。

ならば、まずはその在処《ありか》を確定させるのが先決。どこに龍の卵が有るのか。そして今後どこに行くのか。選択肢としては二つ。

モルテールン家が龍の卵をより隠蔽《いんぺい》したいと思うなら、自分たちの眼と手の届く場所に置く。すなわちモルテールン領だ。

ここに隠されるとするなら、探し出すのは容易なことではないだろう。モルテールン子爵とその側近。いや、下手をすれば子爵本人しか知らない場所に隠されてしまえば、最早情報収集など意味がない。知らないことを聞き出すなど不可能なのだから、誰に聞いたところで正解などあり得ないのだ。こうなると、隠されたお宝を探すトレジャーハントになる。

或いは王都に持ち込む。

龍の卵という存在は、大きな力となる可能性があるらしい。しかし、それは同時に一子爵家程度で抱え込むにはあまりにも大きすぎる問題だと聞く。

龍素材の価値を、モルテールン家が正しく理解していると仮定した場合。その素材が量産できるかもしれない龍の卵など、とても恐ろしくて持っていられないはずだ。モルテールン領はただでさえ他国と接する土地柄。万金に値するお宝があると知られてしまえば、仮想敵の想定は十倍、いや百倍に跳ね上がる。とんでもない野心家でもない限りは、トラブルの種を早々に手放そうと考えるはずだ。

王家への忠誠篤きと評判のモルテールン家である。龍の卵を他所に持ち込むとするならば、可能性が高いのは神王国の王家だろう。つまり、持ち込まれるとするなら王都である。

「他の貴族に協力を求める可能性はありませんか？」

「他の貴族？」

「レーテシュ家やフバーレク家、或いはカドレチェク家やエンツェンスベルガー家」

「なるほど、有力な大貴族か」

部下が名前をあげたのは、どれも神王国では権勢を誇る家ばかり。聖国人でも聞き覚えのある名前だ。

そして、モルテールン家とはそれなりに親しくしている家々でもある。

モルテールン家が龍の卵の本当の価値を知らなければ、恐らく自分の所で隠匿《いんとく》しようとするだろう。

逆に本当の価値を知っていれば、自分たちの手には余ることを理解して手放すはず。

後者の場合は王家に対して譲渡するであろうというのがイサルの予想だが、ここに来て部下は王家以外に譲渡する可能性を提示した。ある意味では、二つの選択肢の折衷案《せっちゅうあん》とも言うべきものである。

言われてみれば、先にあげられた家は全てモルテールン家と縁があり、同時に権勢家だ。モルテールン家から龍の卵を譲渡され、かつそれを守り通すだけの政治的、軍事的な力を持っている。

モルテールン家と王家の関係性など、本当のところは外からは見えまい。ならば、王家と距離を置きつつ他の勢力に協力する可能性はあり得る。

「王都やレーテシュバルならばまだしも、他の所となると我々では後手になりませんか」

「ふむ」

聖国は南大陸の中でも大国と呼ばれる。特に魔法分野に関しては諸外国に比べて頭一つ二つ抜けていて、大国と呼ばれるだけの先進性を有していた。

どんな魔法であっても共通するのが、その破格の効果。多種多様な魔法が世の中には存在するが、どれにしたところで、使い方次第で人知を超えた能力を発揮する。

魔法の運用方法や、或いは組織的な活用方法について。聖国は多くの知見を積み重ねてきたし、現在も研究は続けている。

しかし、魔法には欠点も存在する。それが、属人性だ。

技術を確立してしまえば誰にでも活用できる科学とは違い、魔法技術は何処まで行っても人に属する。個人の持つ魔法が何処まで活かせるかを突き詰める以上のことはできない。

つまり、どうあっても〝同じ力〟を〝複数個所〟で〝同時〟に発揮するのが難しいわけだ。それこそ人が分裂でもしない限り、同じ魔法は一か所でしか使えない。それが常識というものだ。

幾ら神王国の国力が上で強固な防諜対策をしているといっても、聖国が魔法を上手く使えば対策は可能。それこそ総力を結集すれば、王宮の中にだって忍び込めるとイサルたちは自負している。

ただし、それを行う魔法使いが、同時にあちこちの街に出没することはできない。

今、聖国の諜報力の多くは、中心となる神王国の王都や、玄関口になるレーテシュバルに向けられていた。

そして、アドビヨン枢機卿など一部の勢力の諜報力が、モルテールン家に向けられている。

ここで更に他所の場所に諜報力を向けられるだろうか。

向けるとするなら、何処かで魔法使いを引き抜くことが必要になる。これは時間的にも大分ロスをするだろうし、肝心の場所で諜報能力の低下が起きることを意味する。

「悩ましいな」

うむむ、と唸っていたイサルであるが、ふと自分に近寄ってくる男が居ることに気づく。

いや、男かどうかも怪しい。上から下まで徹底的に布で覆い、体型すら分からないようにしている不審人物。

そして、未確認物体が自分たちの傍に来たところで話しかけてきた。〝聖国語〟で。

『卵は王に献じられる』

それだけだ。

実に短い言葉であったが、内容について理解するのに難はなかった。

「分かった」

軽くイサルは頷いた。

すると、布人間はふわりと浮きあがり、ふっと消えた。瞬きするかしないかの須臾《しゅゆ》の出来事である。

それだけで、未確認物体がどういう存在か分かろうというもの。

「どうしますか」

しかも、さらに不思議なことに、明らかに怪しい人間が消えたというのに、周りはそのことに気づいていない。

いや、むしろ最初からそんな存在がなかったかのような態度だ。部下もそうなのだから、恐らく周りの人間全てが同じなのだろう。

「なるほどな」

「え？」

イサルの呟《つぶや》きに、部下が怪訝《けげん》そうにした。

「今、情報が手に入った」

いきなり意味ありげな言葉を呟けば、部下でなくとも気になるだろう。

「今？」

部下が周囲をキョロキョロと見回す。

どうにもそれっぽいものがあるとも思えず、それらしい人物が居るわけでもない。

自分の気づかない間に、何がしかの接触があったのだろうかと、頻りに首を傾げる。

不思議そうにする部下の態度に若干の面白さを覚えつつ、イサルは先の言葉を咀嚼《そしゃく》し、消化した。

卵は王に献じられる。

この言葉の意味は明らかであり、龍の卵はモルテールン家から神王国王家に献じられようとしているのだ。

最早悠長《ゆうちょう》にしている時間などない。

「卵は王都だ」

イサルの断言に、部下たちの背筋が伸びる。

「行くぞ」

男が呟きが発せられた瞬間。

既にその場には聖国人の姿は一人もなかった。

事件の前には……

ペイスが龍の卵を父親のもとに持ち込んでより一週間。

ことが事だけに、絶対に信用できる口の堅い人間のみに働きかけ、ようやく王宮への登城許可が出た。

勿論、馬鹿正直に龍の卵のことなど表に出さず、名目は別にある。

日頃領地に居る、前カドレチェク公爵が宮廷に出仕して色々と国王へ報告を行うにあたり、先の大龍討伐についての話を証人として改めて話す、という建前になっていた。

前カドレチェク公爵は詳細を知らない。ただ、どうしても国王陛下に内密に話しておかねばならないことがあるので協力してほしいと要請しただけである。

こういう時に、コネというのが活きるわけで、快く引き受けてくれたのだ。

尤も、まだまだ貴重なチョコレートを暗にねだられたというのはあったが、ことの重要性を鑑《かんが》みれば安い出費であろう。

「それじゃあ行ってくる」

新米の子爵として体裁を整えるよう、急遽誂《あつら》えられた正装。

どこもかしこも刺繍《ししゅう》やら飾りやらがふんだんに使われていて、実に派手である。

色合いは黒に近い藍色の上着と、黒のズボンがベースであり、ズボンはスラックスに近いストレートなもの。変に裾が膨らんでいたりすると動きにくいからと、軍人が好む形だ。上着は前ボタン式。子爵の位が分かるように、大きいボタンが並んでいる。勿論これも手の込んだ装飾品であり、純銀を削り込んで作った特注品だ。藍色の服装に銀の渋い光が輝く様子は、まさに動く英雄そのもの。

肩には飾緒がついていて、勲章代わりに幾つかの略章もぶら下げてある。最近、また一つ増えているのだが、それも勿論一番端につけてある。

髪型は日頃と違いきっちりと油で固められていて、どこの映画俳優かと言いたくなるほどに様《さま》になっていた。

どこから見ても渋いイケオジ。歩く罪作りである。側室募集などやらかした日には、王都別邸は美女の行列ができるに違いない。

背筋に一本筋が通ったような綺麗《きれい》な姿勢で息子を見やる父親の姿は、一家の主として頼もしさを覚えるものだった。

「お気をつけて」

「家のことは頼むぞ、ペイス」

「任せてください!!」

元気よく答える息子に一抹の不安を覚えつつ、カセロールは王宮に向かった。

魔法で【瞬間移動】するようなことはしない。礼儀として、表通りから堂々と馬車で向かうのだ。

好奇の眼に晒されながらの登城は、王都の民の良い娯楽である。

「さて、父様が行ったところで、結果待ちですね」

ふうと一息をつくペイス。

面《つら》の皮の分厚さは人一倍のペイスであるが、やはりこの国の最高権力者に対して特大の問題事を押しつけるとなれば多少は肩に力が入る。

根回しにはペイスも動いたわけで、一区切りがついたことへの安堵《あんど》があった。

「お疲れ様です若様」

「コアンも色々とありがとう」

今回の登城に際し、カセロールの傍について行ったのは従士長シイツだ。

流石に、今回のような重大事の報告について、情報漏れや報告忘れがあってはいけない。その為、問題が起きた時に領地に居て、起こりから全ての情報を知っているシイツが帯同し、カセロールを補佐することになっている。

また、貴族が城に上がるにあたり、護衛として腕利きを傍に置くのは実に自然なことであるため、腕っぷしに関しては折り紙付きのシイツを傍につけておくほうが不自然に思われないというのも理由だ。ことが事だけに、疑われる要素は少しでも少ないほうが良い。

本来、【瞬間移動】を使いこなして一騎当千を地で行く、首狩り騎士とも恐れられるカセロールに護衛など、あってもなくても大して変わらない。あくまで、護衛として傍に居るのは建前である。

ちなみに、何故ペイスを連れて行かないのかというなら、護衛として傍に居ることが不自然であるという点が一つ。子供を傍に連れていては、どっちが護衛か分かったものではない。

もう一つは、今回の説明に際してペイスを連れて行くと、他のことでいろいろと厄介ごとに巻き込まれかねないという事情があるからだ。

というのも、今モルテールン家は人材を募集している。この総責任者はカセロールだが、実務担当はペイスである。カセロールから、文武両道の優秀な人物を採用するようにという贅沢な注文を受けており、何とか人を採用しようと動いている真っ最中。

そんな人間がのこのこ王城にいけば、宮廷雀の良いカモ。とみる人間は多い。

人を欲しがっているところの実務責任者が、良い職がないか、良い出向先がないかと目を血走らせている有閑貴族やその子弟のうじゃうじゃいる場所に出向く。それはもう、生肉を持ってサファリパーク内を闊歩《かっぽ》するようなものだ。十を数える間もなく取り囲まれてしまうことだろう。

何せ今はモルテールン家が大金持ちになったことが周知されているのだ。ペイスの外見を侮って近づく連中は腐るほど居るだろう。

だからこそペイスは屋敷に留めおき、剣呑《けんのん》な雰囲気で近寄りがたい、武闘派二人で出向くこととなったのだ。

ついでながら、ペイスが王城に行ってさらに妙な事件に巻き込まれてはかなわないという本音も、カセロールにはあった。冗談半分ではあったが、本気も半分である。ペイスが王城に出向き、トラブルが起きないと確信できるわけもない。気を抜けばすぐに問題を発生させるトラブルメーカーを、伏魔殿ともいえる王宮に連れて行けば、どんな化学反応が起きるか分かったものではない。少なくとも今は大人しくしていてほしいと、カセロールは真に願っている。

当主と従士長が仕事で外出。王都の別邸を預かるのは、コアントローとペイスという組み合わせ。いささか珍しい組み合わせである。

「それで、これが卵……ですか」

「なかなかの大きさでしょう?」

「そうですね」

いざとなれば即座に王城へ運べるよう、龍の卵はペイスの手元にある。

なかなかに大きいうえにゴツゴツしていて、ぱっと見た目は岩だ。

大きめの箱に入れられているそれを、ペイスはかなり雑に机の上に置いた。執務机はカセロールのお気に入りで、高級品だ。龍の卵を置いておく格としては問題なかろうが、それにしても不用心に過ぎる。落としてしまわないかと不安なコアンは、ペイスに尋ねた。

「こんなところに置いておいて、大丈夫ですか？　落として割ったりすると、私の首が飛びますよ？」

散々に苦労を重ねて各所へ根回しをしたのだ。ここに来て龍の卵が割れましたとなれば、大問題である。最悪、誰かが責任を取る必要が出てくるだろうし、そうなればコアンが目に見える形で罰せられるかもしれない。

勿論、股肱《ここう》の臣《しん》に辛い思いをさせるようなカセロールではないが、今ここに居るのはペイスとコアントローの二人だ。次期領主の経歴に拭い難い傷をつけるぐらいなら、自分から身代わりになるぐらいの気持ちでコアンは龍の卵を見つめる。

「大丈夫です。存外に頑丈なようですから。落としたぐらいでは割れませんよ」

少年は、重臣の懸念を無用と切って捨てた。

龍の卵を床に落とした程度であれば、何の問題もないと請け負う。自信満々に割れないと言ってのけるペイスの言葉に、コアンは一応得心した。

「それなら安心……ん？」

しかし、そこでペイスの言葉に隠された違和感に気づく。

よく考えてもらいたい。卵というのは、生物の雛《ひな》が生まれてくるものだ。力のないであろう赤ちゃんが、中から壊せないといつまでたっても生まれることがない。

つまり、卵というものはどんな種類の卵であれ、ある程度の衝撃で割れるようにできている。理屈のうえでもそうだし、一般常識的にもそうだろう。

原則割れるものであるにもかかわらず、割れないことを請け負うペイスの言葉。

おかしいではないか。

「どうかしましたか?」

「今、落としたぐらいでは割れないと言いましたよね?」

「ええ」

「そんなことを何で知ってるんです?」

ペイスは、悪戯《いたずら》がバレたといった感じでおどけて見せる。テヘペロとおちゃらけたところで、コアンが絆《ほだ》されるはずもない。

「あはは……割れたことにして食べてしまえば、そのまま証拠隠滅になるかと思いましてね。こう、ガツンと」

「割ろうとしたんですか!!」

割れるかもしれないと冷や冷やしているコアンの前で、ペイスがとんでもないことを言ってのける。割れる割れないではなく、意図的に割ろうとしたというのだ。何を考えているのかと、驚くのも当然のことだろう。

「未遂ですよ、未遂。割ろうとして金づちで叩いたり、床に叩きつけたりしたんですが、流石は龍の卵。罅《ひび》すら入らない」

金づちで叩く形態模写《ジェスチャー》をしながら、特に問題がなかったとアピールするペイス。

実際、今現在割れずにあるし、落としたぐらいでは割れることもないと確信することができているだけ意味があったと開き直る始末だ。

悪童の名も高きペイスは、いつまでたっても悪童のままである。

「聞いてませんが」

「言ってませんので。領内で内々に処理できれば最善でしたから、〝見つかったときには既に割れていた〟ということにできればよかったと。シイツには小言を貰いましたが」

大龍の卵が発見されたとき。

研究所長が卵であると断定するまでは、正体不明という扱いだった。見た目はまるきり鉱物であるため、多少金づちで叩いてみるぐらいなら調査の範囲内でも言い訳が効く。

所長が断定したとしても、その意見をどう判断するかはトップの仕事である。ほぼ間違いなく龍の卵であると分かっていたとして、信じる信じないは人によるだろう。

という言い訳を用意して、卵を割ろうとしていたのがペイスだ。

〝卵だとは思わず鉱物だと判断し、調査の為に叩いてみました〟というのは、一見すると合理的な判断にも見える。少なくとも、同じ立場に立ったときに、そのように行動する人間は少なからず居るはず。

問題は、ペイスが龍の卵と信じていながら、尚も割ろうとしていたことだ。

当然、従士長からはこっぴどく小言を貰った。当たり前だろう。何が起こるか分からないから王家に献上してしまおうと相談していた矢先に、余計なことをやらかそうとしていたのだから。

「シイツさんはよく我慢してますね」

「新しい卵があるなら、どんな味か知りたくなるのは菓子職人《パティシエ》の性ってものですよ」

「はあ」

ペイスが龍の卵を割ろうとしていた理由は幾つかある。

というより、大きな主目的と、それを正当化する言い訳が複数あるというべきか。

主目的とは、勿論卵を食べること。

ペイスの人生の目標は最高のスイーツを作ることにある。ならば、龍の卵などというものはその材料となり得る可能性が高い。

どんな味なのか。どんな色なのか。どんな調理が適するのか。パティシエとしての好奇心が疼《うず》いて疼いて仕方がなかったのだ。

これが一つの理由。

他にも、面倒ごとを〝最初からなかったことにする〟ということを目論んでいた。

ペイスは所長の見識の高さを信じている。故にこそ龍の卵と喝破《かっぱ》した眼力を信じることにしたわけだが、他所の土地ならそんな非常識を、と信じないトップも居るだろう。

つまり、ペイスがそんな〝普通のトップ〟であったなら、ついうっかり割ってしまっても不思議ではないわけだ。

そして、割ってしまって食べてしまえば、物がなくなる。龍の素材が溢れている現状、殻も含めて証拠隠滅は楽勝だ。あとくされもなく、さらに証拠隠滅が可能ならば、これはもう問題など最初から存在しなかったとしても何ら問題がなかろう。

龍の卵がそもそも存在しなかったことになれば、カセロールには事後報告でも良い。何なら、報告も軽くで済むかもしれない。トラブルの芽は事前に摘めていたことだろう。

仮に証拠隠滅が完璧でなかったとしても大丈夫。他所のスパイにしても、まさか龍の卵を美味しく頂いてましたという報告をして、まともに受け取る人間も居まい。

食べてしまって証拠隠滅。これがいちばん穏便に済んでいたはずの解決法だったのにと、ペイスが溜息をついた。

割れなかったのだから、渋々報告せざるをえなかった。ペイスにしてみれば、不本意な結果である。

「そうだコアン、例の部屋に卵を仕舞っておく箱を用意していますか。持ってきてもらえますか？」

「はい」

ああそういえば、と思い出したようにペイスがコアンに指示を出す。

極秘とするために、モルテールン領内の信頼できる人間に作らせた手提げ金庫のようなもの。卵を保管しておくための、大事なものである。これを持ってきているのだ。

部屋を出ていくコアンを、ペイスは見送った。

例の部屋とペイスが言ったのは、王都別邸にある防諜対策が入念にされた部屋のこと。

龍金を使えるようになったからと、ふんだんに龍金を使って魔法対策もされており、この部屋を覗《のぞ》くのはシイツの魔法でもできない。

悪だくみをするための部屋である。

そこにこっそり隠しておいてあった手提げ金庫を、コアンが秘密裡に卵のところまで運んできた。

部屋に戻ってくるなり、コアンはペイスの不審な動きを目にする。

「若様、今何か変な動きしませんでしたか？」

「え？　何のことですか？」

ペイスは何故か、コアンが部屋に入った途端、壁際であろう場所から飛びのくように椅子に戻った。

あからさまに挙動不審なのだが、コアンはじっとペイスを見つめる。

とは言っても、ペイスが妙なことをするのは今に始まったことではないので、流石にこれ以上、馬鹿な真似はしないだろうと視線を外した。

「……気のせいなら良いんですが。卵は箱ごと封印して保管しておきますんで」

「ええ、お願いします」

龍の卵は王都で保管することになる。

王城に行っているカセロールたちが帰ってくるまで、コアンが責任をもって預かることになっているのだ。

仕舞う為に卵を手に取るコアン。

「あれ？」

「どうかしましたか？」

「龍の卵ってこんな色してましたか？」

「それは勿論、龍の卵です。普通の卵とは模様からして違いますよ。龍金と同じで、複雑な色合いで移り変わるようですね」

龍の卵の色が先ほどと若干違う気がしたコアンだったが、彼とて別に龍の卵に詳しいわけではない。

龍の卵の色は、適当に変わるものだとペイスに言われれば、そうなのかと首を傾げる。

「……そんな話は聞いてないんですけど」

「まあまあ。とりあえず大事に仕舞っておいてください」

誤魔化されているような気分になりつつ、龍の卵を預かったコアン。

大事に大事に、手提げ金庫に、箱で梱包された卵を仕舞う。

そして、そのまま慎重に運び出し、防諜対策をしてある部屋に運び込む。

これで、後はカセロールたちの帰りを待つだけ。

そう思っていた矢先のことだった。

「大変です!!　龍の卵が盗まれました!!」

「……すぐに父様に連絡!!　各所に連絡し、すぐに王都周辺の関所を封鎖するよう要請しなさい」

騒動に愛された少年は、今日も今日とて騒がしかった。

火災と窃盗と残滓《ざんし》

執務室にいたペイスに、その騒動が聞こえてきたのは父親も従士長も不在の最中であった。

「火事だ!!」

「火事だぞ!!」

ドタバタと人々が走り回る音がする。

実力主義で雇われた王都別邸の侍女や執事は、普段はどれほど急いでいることがあろうと楚々としていて、屋敷内を音を立てて走り回るなどあり得ない。

それが、こうして大勢が走り回るような音がしているのだ。仮にペイスでなくとも異変に気づく。ましてや耳聡いペイスである。すぐにも廊下に飛び出て、状況を確認した。

「若様」

「コアン、火元は何処です」

「厨房《ちゅうぼう》です」

「……油がありますね。火事の規模は？」

「大きめです。裏手に積み上げていた薪や炭が燃えてますので、消火に手間取っていると報告がありました」

モルテールン家の王都別邸は、厨房もこぢんまりとしている。

領地にある本宅ならばペイス用の厨房もあるのだが、流石に地価のべらぼうに高い王都で、ペイスの道楽が許されるはずもない。

同時に、料理で使うものは一か所に集められているという意味でもある。

小麦粉や乾燥ハーブ、薪炭《しんたん》、そして油。燃えやすいものが大量にあるのが厨房で、特に油に関して言えばモルテールン家の厨房には他所よりも多くが集められていた。

ペイスがオリークックやドーナッツを作るのに油を使っていたからだ。

可燃物の集まる厨房だけに、火の管理と取り扱いは徹底して行われていて、管理責任者として料理人も居たはず。

しかし、事故というのはいつだって起こるわけで、ペイスは取り急ぎ対応を指示した。

「僕が行きます」

周りと同じように駆け出したペイス。流石に今の状況下で廊下を走るお行儀を云々する人間は居ない。

ペイスが厨房に駆け込めば、そこには桶をもってバケツリレーをしている者たちの姿があった。

「……これは、魚油ですね」

大きな水がめ幾つかを空にするほどの勢いで水をかけているにもかかわらず、火の勢いに衰えが見えない。

どう考えても、ただ単に薪が燃えているというだけではなさそうである。

「全員、退避!!　周辺に居る人間は一旦離れるように」

「え？　良いんですか？」

「魔法で薪ごと処分します。薪は買いなおせますが、迅速な消火には代えられません」

火元に急いで到着したペイスは、魔法を使った。

【掘削】と【瞬間移動】を同時に使い、ごっそりと大穴を開けつつもそこにあった可燃物を一気に運び出したのだ。

運び出す先は、モルテールン領のだだっ広い砂漠の中である。

「ふう」

「お疲れ様です」

次期領主の少年が迅速に対応したことで、火事は消えた。

しかし、問題はこれからだ。

「コアン、火事の煙で屋敷の周りに人が集まってきています。対応を任せても良いですか？」

「構いませんが、何と言えば」

王都で失火というのは類焼を招くことから犯罪行為に類する。

そのあたりをコアンが気遣って、誤魔化すかどうかを尋ねたのだ。

「……ありのままを。薪の置き場から火が出た。既に消火済み、と伝えてください」

「よろしいのですか？」

「少し、気になることがあります。ですので、下手に取り繕ったり隠したりするより、事実を端的に広めるほうが良いと判断しました」

「分かりました」

火事となれば野次馬も集まる。

その対応をコアントローに任せたところで、ペイスはじっと考え込んだ。

火の消えにくい油が使われていたであろう形跡や、薪の置き場は冷暗所のようになっていて火の気がないことを確認し、ある種の確信を持つ。

「誰か!!」

「はい、若様」

「すぐに手分けして屋敷中の部屋を確認してください。物がなくなっていないか、壊れていないか、或いは不審な物が増えていないか」

誰が見ても、作為的な火事である。

だとするなら、火を点けて終わりというのは楽観的過ぎるだろう。何かある。

さらにペイスは、普段は人払いをしている部屋に足を運ぶ。

龍の卵を置いていたところだ。

そこは、見事に荒らされていた。

「……やられましたね」

ペイスは、火事が囮《おとり》であったと確信した。

◇◇◇◇◇

龍の卵が何者かに盗まれてから半日。

モルテールン家一同は、寄り集まって悩んでいた。

「捕まりませんね」

「どういうことか……」

悩んでいる理由というのはほかでもない。こともあろうにモルテールン家別邸に盗みに入られ、隠しておいたはずの龍の卵を盗まれてしまったこと。そしてその後、可能な限り迅速に対応したにもかかわらず、犯人の足取りすら追えないということだ。

「盗みに入られてしまったことに関しては、隙《すき》をつかれたというのもある。これは反省するべきだし対応するべきではあるが、緊急ということでもなかろう」

「ですね」

泥棒に入られることは勿論大きな問題であるが、実はモルテールン家にとってみれば致命的と言えるものでもない。

元々王都の別邸は、仮住まいのようなもの。モルテールン家がそこそこの爵位になった際、貴族ともあろう者が王都でずっと宿暮らしというのも格好がつかないからと購入した家であり、カセロールが軍の役職を得て宮廷貴族の一員にならなければ、本当にたまに寝るだけの場所だった。

今でこそそれなりに警備も整え、常駐する者も居るようになったが、かつてであればほぼ空き家も同然。別荘に近い扱いだったわけで、盗みに入るなら楽勝だっただろう。

尤も、カセロールもそれは重々承知のことなので、別邸に豪華な調度品や貴重品を置かないようにしていた。

今回のように貴重品を持ち込むのが例外中の例外なのだ。

泥棒の入った手口も分かった。

元々人手不足ということもあり、急遽人を集めたことから、別邸に勤める女中や下働きには日の浅いものも多い。それ故、見知らぬ人間がさも新顔のようなふりをして紛れていても、そんなものかと気にすることがなかった。

働くもの同士がお互いの顔を知らないという隙を狙い、不審なものが紛れ込んでいたことはすぐに分かり、見慣れない人物が今日に限って多かったということも判明している。即座に対応を取り、従業員全員を集めて改めて顔と身元を検めるという対策を行ったので、同じことはまず起きないはず。

泥棒対策はこれでいい。侵入経路も判明して塞いだ。

問題は、既に起きた窃盗の犯人が、今もって逃げていること。

これを捕まえなければ、モルテールン家は面子がたたない。また、モルテールン家は泥棒がしやすいと思われ、模倣犯を生むリスクもある。

是が非でも探し出し、捕まえねばならない。

「ですが現状、父様の転移でかなり広めに網をかけたのに、未だに音沙汰がない」

しかし、窃盗犯はモルテールン家を離れた後忽然と姿を消している。

本当に、煙のように足取りが追えなくなっているのだ。

泥棒の容姿も詳細に判明し、ペイスが似顔絵を【転写】までして王都内では捜索に当たっている。王都周辺の関所は、カセロールが【瞬間移動】を使って迅速に検問を敷いた。

当初は、泥棒もすぐに捕まると思われていたのだが、王都でチラリと窃盗前に目撃例がある以外は、本当に欠片《かけら》も手掛かりがつかめずにいる。

「網を上手く潜り抜けた可能性は？」

「その可能性がゼロとは言わないが、もしもそうだとしたらうちで抱えられる話じゃない。然るべき筋に訴え出て、外務貴族に預ける話だ」

「そうですね」

賊に入られたと分かった時点で、モルテールン家だけで抱えられる話ではなくなった。内々ではあるが、国王陛下に龍の卵を献上して面倒ごとを押しつける算段がついていたからだ。これで盗まれたことを黙っていては、ありもしないものを献上すると、国王を騙すことになる。

盗まれたことは正直に訴え出た。そのうえで、カドレチェク公爵やその関係者にも動いてもらった。公爵としても、治安を預かるのは軍務の義務であり、特に王都に関しては重要な利権。明らかに狙いすましたような窃盗とはいえ、自分たちのおひざ元である場所で堂々と盗まれてしまっては立つ瀬がない。

警察署の目の前の家に泥棒が入ったようなものだ。どうあっても捕まえなければ、今後泥棒達からは徹底的に舐められてしまうし、そうなれば犯罪抑止の効果が薄れる。

採算度外視で、軍人たちは動いた。

割を食った通商関係の部署からは苦情も届いたというが、今回の件は公爵としても譲れない。

蟻《あり》の這い出る隙間もない、という表現がまさにぴったりくるほど。街道という街道は勿論のこと、森の獣道に至るまで人を遣って封鎖に動いたというから徹底している。

完璧と公爵が自画自賛する王都周辺の包囲網。それを最速で整備し、網の中をローラー作戦で塗りつぶすように捜索する。

泥棒鼠《ねずみ》一匹に対して、軍務閥の群狼が万単位で探し回るような状況。

これで逃げおおせたというなら、相手は間違いなくその道のプロであり、手厚いサポートを受けて行われた組織的犯行だ。

つまり、国際問題になる。

「単純に、可能性は二つですね」

「二つ？」

「一つは、未だに網の中で隠れている」

理想を言うならこちらだ。

組織的であると仮定してもせいぜいが国内の組織であって、王都に潜伏している可能性。

王都を根城にする犯罪組織ならば、身を潜めるのは上手だろう。王都の騎士や兵士の捜査手法も熟知していることだろうし、何なら裏で繋がっている可能性だってある。

これならば、今現在大規模な捜査を行っているにもかかわらず見つからないことに説明はつくし、そうは言ってもいずれは捕まるであろうという楽観論も言える。

「もう一つは、警戒網を敷いた時点で、網の外にいた」

最悪なのは、既にすたこらさっさと網の外に逃げてしまっているケース。網がザルで潜り抜けたというならまだしも、網をかけた時点で見当違いのところにかけていたというのが怖い。

大規模に軍まで動員して捜索しているのが、見当違いの無駄ということだからだ。

「そんな可能性があり得るのか?」

可能性としては考えられる最悪のケース。

問題は、それがどの程度の確率なのかだ。

限りなくゼロに近いのか、或いは逆か。ペイスがどう考えているのかを、父親は聞きたがった。

「父様ならできるでしょう?」

「それは勿論……なるほど、そういうことか」

息子から提示された可能性に、ひざを打つカセロール。

「ええ。〝魔法使い〟なら、何がしかの手段があっても不思議ではない。現場では、魔法を使った魔力の残滓を感じました。王都から出る方向に漂っていた感じだったので、父様のように突然消えて逃げたというものでもないと思われます」

「お前の感覚だけでは根拠としては弱いな」

「はい。しかし手掛かりがそれ以外にないわけで、動く目安としては十分です」

包囲網など、カセロールの【瞬間移動】ならば意味はない。

魔法の出鱈目さをよく知るだけに、同じように魔法的な手段であれば、包囲網を容易く潜り抜け、或いは捜査の目をごまかし続けることは可能。

そういう可能性に目を向けるなら、包囲網は偉い人たちに任せ、小回りの利くモルテールンだからこそできることがありそうだ。

「ならば、どうする？」

「王都の網はそのままに、捜索のラインを広げます。具体的には、国境線目いっぱいまで」

「その真意はどこにある？」

「仮に魔法使いが関わっているとして、国内の魔法使いなら最悪王家の威光があれば尻尾ぐらいはつかめるはず。それよりも最悪のケースに備えるべきだと思いました」

魔法使いが関わっていると仮定したとして、龍の卵は極秘裏に王家案件と確定している。国内の跳ねっ返りが主犯で、モルテールンに一泡吹かせてやりたかった程度の話なら、過去にも幾度かあった。今回は王家が絡むだけに、そういった短絡思考の阿呆ならばすぐにも尻尾はつかめるだろう。敵がモルテールン家でなく王家になる前に、詫びを入れてくるに違いない。

しかし、そうでなかった場合を考えておかねばなるまい。

「最悪のケースとは？」

「外国勢力の暗躍です」

「ふむ」

「ことが外交問題になってしまったら最後、当家は関わることもできなくなる。外務系の人間はここぞとばかりに主導権を取りに来ます」

「そうだな」

外国の人間が跳梁跋扈《ちょうりょうばっこ》し、神王国内の、それも王都という最重要拠点で違法行為を行ったとするならば、確実に外交問題だ。

となれば、軍人たるカセロールや、或いはカドレチェク公爵が面と向かって対応するわけにはいかない。

下手をすれば外国との戦争となる。カドレチェク公爵辺りは望むところだと勇んでもみようが、内務系は戦費の調達や諸々の物資調達を嫌がるだろう。モルテールン家の問題ならば、或いは王家の問題ならば、話し合いで解決しろ、と迫るはずだ。

戦争が大嫌いな内務系と、戦いこそ本分と気色《けしき》ばむ軍務系の衝突は、放置すれば国を割る。だからこそ中立的な立場で、外務系が出張ってきて関係者が一応納得できる落としどころを探るのだ。

外国相手なら、主導権は軍人の手を離れる。

「しかし、国境警備ならば、まだ軍の管轄です。ここで抑えられるなら、当家や軍家閥で主導権を握れる。逆に、ここで止められなければ、打てる手はありません」

「分かった。お前の言うとおりだ。早速手配しよう」

カセロールは、即座に魔法で転移した。

海には網を

世の中に国境線というものには二種類ある。

人為的国境と自然的国境の二種類だ。

人為的国境は分かりやすく国境である。ここからここまでが自分たちの土地であるとして線を引き、国と国の境界線とするもののこと。現代であれば経線や緯線をもって直線的に線を引く国境などもある。南大陸でも、政治的事情、宗教的差異、民族的区分、歴史的経緯などから、人間同士でそれぞれが取り決めた境界線というものが存在していた。

対し自然的国境とは、自然の地形が国境線になっているもののこと。

元々自然に存在するものをもって国同士、領地同士の境界とするやり方で、南大陸ではこちらのほうが断然数が多い。

川や山脈、谷や森、そして海岸線。これらを国境として定め、お互いの境界線とするのだ。

この自然的国境の中でも、とりわけ扱いの変わっているものが海岸線による国境。

何が変わっているかというならば、海岸線というのは毎日、そして一日の中でも変化するからだ。

遠浅の海では満潮と干潮で何百メートル、或いは何キロにも渡って海岸線が移動し、変化することもある。

もしも真面目に海岸線を領土の境界線とするならば、それこそ毎日地図を書き換えねばならない。どこまでも非現実的な話だ。

そこで多くの場合、海上に線を引く。

陸上に不動の基準点を設け、そこから幾らまで離れた、海上のこの辺りまでは自分たちの勢力圏である、と決めて線を引く。

これならば、潮の満ち引きでも変わらず自分たちの海、即ち領海がはっきりする。

ところが、ここにもまた問題がある。

海上に線を引く場合、海に出てしまうと線引きが非常に曖昧になってしまうのだ。

島でもあれば目印になろうが、それも無ければ水平線の大海原《おおうなばら》である。線引きといったところで、人工衛星で空から見るようなこともなければまず無理な話である。

ならば南大陸の人間はどうやって海上で境界線を線引きをしているのか。

答えはシンプル。力ずくである。

船を使って、自分たちの海であると主張する辺りを哨戒し、もしも外国の船舶を見かけたならば自分たちの海だと主張する。主張がぶつかれば、力ずくで相手に認めさせるのだ。

勝てばそのまま、負ければ後退。

押し相撲のように押し合い圧《へ》し合いぶつかり合って、力の均衡が取れたところが海上の国境線というわけだ。

非常に曖昧な海の境界線。

もしも他国の人間が神王国から逃げようとした場合、これほど都合の良い所もないだろう。海に出てしまいさえすれば、そこから先は曖昧なグレーゾーン。政治と軍事によって、何とかできる世界になる。

故にこそ、ペイスは海の守《も》り人を訪ねた。

「お久しぶりですウランタ義兄上。いえ、ボンビーノ子爵閣下」

「ウランタで構いませんよペイストリー＝モルテールン卿。我々の間で堅苦しい肩書などは無用のことでしょう」

「お気遣いいただきありがとうございます。今日はご無理をお願いしました」

ボンビーノ家の屋敷。城とも言うべき豪奢《ごうしゃ》な建物の中で、モルテールン子爵家嫡子のペイスとボンビーノ子爵家当主ウランタが互いに挨拶を交わす。

この二人は、年も同じであり、また姻戚でもあることから仲が良い。姻戚というのはほかでもない。ペイスの一番下の姉であるジョゼことジョゼフィーネが、ウランタの妻なのだ。

お転婆《てんば》を絵にかいたようなジョゼは行動力があり、夫より年上で、また非常に賢い女性である。気も強いし、そのうえウランタが惚れて結婚を申し込んだのだ。

当たり前の帰結として、家庭内ではウランタが尻に敷かれている。

家庭内で大きな影響を持つ妻の実弟が訪ねてくるのだ。しかもウランタは一方的ながらペイスを尊敬していて、見習うべき目標として仰ぎ見ているところがある。災難な話だ。

満面の笑顔で歓迎の意を示すウランタ。歓迎の気持ちに偽りはなく、ペイスが訪ねて来てくれたことを心から喜んでいた。

「いえ。当家にはモルテールン家に閉ざす門はありませんよ。いつでもお越しください。それで、今日はどういったご用件でしょう」

「実は、少々内密にお願いしたいことがありまして」

「内密に？」

「ええ。人払いを願います」

ウランタは、侍女や護衛を遠ざけるよう指示した。

勿論護衛を遠ざけることには補佐役からの難色もあったが、ウランタが「その気ならわざわざこうして来なくても、魔法で夜中に来ればいいだけ」という意見で押し通す。

つい先日。モルテールン家に協力を要請した事件があった。ほかならぬ大龍騒動である。

当初はそれほど大事《おおごと》になるなどとはペンの先ほども思っておらず、蓋を開けてみれば伝説に聞く大龍との対面だ。常日頃から苦労をしてきて、それなりに精神的に成熟しているウランタではあるが、流石に山のような怪獣を目の前にしては度肝を抜かれた。

さらに驚くべきは、明らかに人の手に余るであろう巨躯の化け物に対し、敢然と立ち向かった義弟の姿である。

未曽有の災害に対して、貴族としてあるべき姿を背中で語るが如き勇ましき英雄の姿。これに尊崇の念を抱くのは当然のことだろう。

知らないというのは幸せなことだ。

そんな当代のヒーローが人払いしてまで相談してくる。

何事かと必要以上に警戒してしまうのは仕方のないことだった。

補佐役とウランタ、そしてペイスという三人だけになったところで、ペイスは説明を始める。

「実は、王都でちょっと困った事件が起きまして」

「困った事件?」

「ええ。組織的と思われる窃盗事件です」

「窃盗……泥棒ですか」

窃盗と聞いて、ウランタの目は訝しげなものになる。

世の中に犯罪というものは数多くあるが、泥棒というのは割とありふれた犯罪であるからだ。

勿論頻繁にあって良いものではないが、他人の持っているものを欲しがる欲というのは誰しもが持っているもの。高貴な身であるウランタであろうと、或いは市井の庶民であろうと、泥棒の被害者になり得る可能性としては同じだ。

ましてやウランタは海の男。厳密には過去のボンビーノ家の人間が皆船に乗り、甲板を枕に、波音を子守唄にして育っていて、ウランタもその血を脈々と受け継いでいるということ。

海の掟は弱肉強食。

強いものが弱いものから奪うという行為が平然と行われる場所だ。

今でこそお上品に取り繕っているレーテシュ伯爵家なども、元をただせば海賊の親玉だった。ボンビーノ家とて、過去を遡れば海賊家業と大差ないことをやらかしている。

力ずくで欲しいものを奪っていく海の荒っぽさ。

それを骨身にしみて受け継いでいるウランタからすれば、たかが泥棒〝如き〟に、ペイスのような人間があえて動き、内密にと願う理由が不思議だった。

それ故、ウランタも話の先が気になるようで、少しばかり体を前のめりに乗り出す。

「そうです。明らかに計画された犯行で、当家からとあるものが盗まれました」

「とあるものとは？」

「言えません。その点は王家による緘口令ですのでご容赦ください」

「王家の……ただ事ではありませんね」

やはり、という思いがウランタにあった。

あのペイスが、ウランタからすれば取るに足らない些細な犯罪でわざわざ出向いてくるはずがないと思ったからだ。

王家の緘口令ということは、勿論王家が関わっているはず。

一体何が盗まれたのか。国宝級の宝飾品か、或いは名誉に関わる勲章でも盗まれたか、もしかすれば機密文書かもしれない。

まさかお菓子が盗まれたから取り返しに来たなどと言うことはあるまい。

そこまで考えたことで、もしかしたらお菓子ならあり得るか、と思ってしまうだけウランタはペイスの理解者だった。

勿論、盗まれたのは宝飾品でもなければお菓子でもない。卵だ。

微妙に惜しいところで予想が外れている。

「はい。そこでボンビーノ家に要請があります」

「モルテールン家からの要請、ですか？」

「ええ。ご協力願いたい。ボンビーノ家が手伝ってくださると、非常に心強いのです」

これが本題かと、居住まいを正すボンビーノ子爵。

「内容を伺いましょう」

ペイスは事件のあらましを説明していく。

王都の中で事件が起きたこと。組織的関与が疑わしいこと。状況証拠から魔法使いが関わっているらしいという予想。

ボンビーノ家に来る前に東西北の国境線は抑えてきたこと。これについては元々国境警備と監視が任務の家があるので、念入りに対応してきたことなどだ。

「僕が見た限り、盗賊が西から逃げた確率は二割、北で一割、東はほぼゼロです」

そして、ペイスが賊の逃亡先について自分の予想を語る。

七割がたは南であるという予想だ。

「根拠は？」

「東は、モルテールン家と最も親しいフバーレク家の勢力下で、しかも国境監視はお家芸です。長年敵国と向き合って、小競り合いもしてきた。警備の厳重さというなら国でも一、二ですね。実際に見てきましたが、龍金を使った魔法対策までされていました。盗賊が魔法使いなら、まず捕まってます」

「ほう」

フバーレク家は、長年隣国であるサイリ王国と向き合っており、ルトルート辺境伯家と年がら年中小競り合いをしていた家である。

今でこそ家中の人材や資金といった資源《リソース》を内政に割り振っているが、元々国境警備がお家の役目であり、人の出入りに関しては兎に角厳しい。

勿論向かい合う相手が大家であり、国家規模の敵を想定していただけに防諜は万全で、魔法使いも抱えているうえに魔法対策も要所要所で為されている。

ここを抜けるのはまず無理だろう。できるものなら、サイリ王国が既にやっている。

「北も同じようなものです。しかし、ここは周辺の小領主の統制がやや甘い。そこから逃げるとすれば、できなくもない。十に一つ成功するかどうかのレベルでしょうが」

「ふむふむ」

北といえばエンツェンスベルガー家の勢力圏。ここは東ほどは警備が厳しいわけではない。

ペイスはその全てを知るわけではないため、不安要素が残るという意味で、フバーレク辺境伯領ほどは確信をもって断言できない。

しかし、そうは言っても干渉国を挟んで大国と向き合っている家柄。国境警備は厳重である。勿論防諜対策は確実にされているだろうし、そうでなくとも北の連中は、神王国でも最南端のモルテールン家に対しては諜報する意義が薄い。

龍の卵をペイスが手にし、王都に運び、それを狙いすましたように掻《か》っ攫《さら》うなど、相当に困難なはず。少なくとも日頃からモルテールン家に対して念入りに諜報活動をしていなければ無理な芸当だ。

そういう意味では、賊が北の関係者である可能性は低く、従って北に逃げた可能性も低い。

「西は辺境伯家の力が弱まってます。国境の警戒は怠っていないようでしたが、魔法対策自体はやや甘い」

「なら、北か西に逃げた可能性もあるのでは？」

そして西。

ここも怪しいといえば怪しい。元々モルテールン家は神王国の西にあるヴォルトゥザラ王国に備えるのがお役目。モルテールン家に対する諜報活動は間違いなくやっているだろうし、モルテールン家や神王国を警戒し、龍の卵を盗む動機もある。

しかし、だとすれば不自然な点もある。

龍の卵を狙うなら、何故王都でわざわざ盗んだのか。モルテールン領にあるうちに掻っ攫ったほうが何倍も楽なはずだ。

特に、逃走を考えた場合。モルテールン領から逃げるなら、山を越えればそれで終わりだ。幾つもある貴族領を通過し、山越え谷越え逃げるよりは遥かに合理的だろう。

可能性としては先の事例に比べればあり得るが、それにしても確率としては低いとペイスは見る。

「勿論、その可能性はあります。しかし、賊の手際の良さから言って、一つの逃走手段を使い続けることはしないと思いました。だからこそ、海が怪しい」

賊が逃げるとしたら。

まず南に逃げただろうというのがペイスの読みだ。そして、ウランタには言わなかったが、南に逃げるといえば相手は聖国であろうとも予想していた。

南に逃げて聖国にとなれば、どこかで船に乗る。

遭難者の捜索を思えば、海のほうが追跡も難しいのは想像に難くない。ならば、最も狙いごろなのはボンビーノ領ナイリエから海へとんずらすることだろう。

そこら辺の事情を、詳細を暈《ぼか》したまま上手く説明するペイスに、ウランタは頷いた。

「納得しました。それでうちに来たと」

「ええ。できれば早急に、徹底した海上封鎖にご協力願いたい」

賊が逃げるとすれば海上。

今何処にいるかは不明だが、海上封鎖を行い船が出ないようにしてしまえば網にかかる可能性はある。

これは時間との勝負。早ければ早いほど捕捉する確率は上がる。

協力を強く要請するペイスだったが、ウランタは苦渋の表情を浮かべながら首を横に振った。

「モルテールン家には恩もあれば義理もあります。他ならぬペイストリー殿の願いとあれば協力は前向きに検討したいところですが……」

「流石に、海上封鎖はできませんか」

ペイスとしても、無理強いはできない。

海上を封鎖して船を止めるということは、ボンビーノ家の物流の多くを止め、膨大な損害を与え

が入る。

見返りもなしに、無理やりボンビーノ家に損害を与えるようなことをしては今後の関係性にも罅が入る。

「当家は海運が大きな収入源となっています。ナイリエの中にも、船に関わる仕事に就いている者は多い。海を閉めるとなると、その間の経済的な影響は無視できません」

「そうですか」

ペイスとしても、まさかここで素直に頷いてもらえるとは思っていない。

交渉では、最初に無茶な要求を吹っかけてみるのはテクニックの一つなのだ。

「では船だけを貸していただくことはできますか」

最初の要求が断られた後で、ペイスは本命の要求を口にする。

「一隻程度であればお安い御用です。操船に長けた者たちもおつけします」

「お願いします」

案の定、最初の要求に比べればマシな要求に、ウランタは頷いた。

恩もあれば義理もあるモルテールン家に対して、筋道の通った要求を何度も却下するというのは良心に訴えかけるものがあるのだ。

それを分かっていながら突くペイスも交渉巧者だが、ウランタとしても船の幾ばくかの人員を融通する程度で借りが少しでも返せるなら御の字といったところだろう。

時間が惜しい。

早速とばかりに港に出向いたペイスだったが、そこで迎えに出たのはペイスもよく知る人物だった。

「それで、また面倒ごとを持ち込んできたのかい。あんたら、悪魔にでも憑《つ》かれてるんじゃないかい？」

肌の露出の多い格好をしながらも、武骨さと厳《いか》つさを感じさせる海の男。いやさ、海の女。

元傭兵にして現ボンビーノ家従士。

海蛇のニルダこと、ニルディア女史である。

かつてペイスと共に海賊と戦い、武名をあげた立志伝中の人物。

「そうかもしれませんが、だとしてもやることは変わりませんよ。海の上では頼らせてもらいます」

「任せときな。コソ泥如きは相手じゃないよ」

海蛇のニルダはにぃと口角をあげ、不敵に笑った。

海兵の動揺

モルテールン家は騎士の家である。

元々の初代カセロールが騎士であったこともそうだが、カセロールの父祖もまた馬に乗って地を駆けた一族だった。

先祖代々騎士であったことで、基本的にモルテールン家の人間は陸戦についてはやたら詳しい。殆《ほとん》どの知識や経験が口伝《くでん》で伝わる世界で、先祖の誰も経験していないことは語られることがない。同時に、先祖の多くが同じように経験してきたことは、失敗経験も豊富にあり、知見が凝縮されて伝わるもの。こうこうこういうときはこうしなさい。祖父の祖父がかつて同じ状況でこうしてこうなった。などという経験談を、代々に伝えていく。

知識と経験の継承。これは貴族が世襲されていく理由の一つであり、重要な特権の一つ。

そこらの平民に、さあ戦ってみなさいと言ったところで、どれほど優秀な人間でも必ず失敗の一つや二つやらかす。実際に過去の多くの先人がやらかしているのだから、同じ落とし穴に嵌《はま》る可能性は極めて高い。だからこそ、落とし穴を最初から教えてもらえる人間というのは、貴重なのだ。

そしてこの知識の継承は、騎士だけに行われるものではない。

大工、鍛冶師、料理人、執事、庭師、或いは農家。どんな職業でも、受け継がれていく知識や経験がある。勿論、船乗りにも同じことが言えた。

「海は広い」

「ええ、そうですね」

ボンビーノ子爵家で第六小隊を預かる隊長ニルダ。

彼女は生粋の船乗りだ。

父親は傭兵団の頭を張っていて、船を駆って西へ東へ。縦横無尽に泳ぎ回って活躍した海の男。その血を色濃く受け継ぎ、船を家として父の傍で育ったニルダもまた、海の女だ。

ボンビーノ家で従士として取り立てられて立身出世を果たした今でも、その存在理由《アイデンティティ》が変わることはない。

海に生き、海に生かされ、海に死ぬ。

そんな海洋民だからこそ、海の偉大さ、広大さも骨身にしみている。

モルテールン家の御曹司《おんぞうし》が只者《ただもの》でないことは嫌でも知っているが、だからと言って海に関しては自分以上に詳しいはずもないと、ニルダは改めて海についてペイスに語る。

「正直に言って、ただ闇雲に網を張るっていっても、そこに魚がいなけりゃ意味がねえ。モルテールンの坊ちゃんなら分かるだろ」

「勿論です」

「それなら、どう網を張る？　考えがあるんだろ？」

海人らしく、盗賊の捜索を漁業に例えるニルダ。

海は広大である。魚を欲しても、魚の居ない海域など幾らでもあるのだ。

だからこそ漁師は漁場を秘匿する。魚の群れが集まる場所の知識は、漁師の財産だ。

ニルダは、魚の居ないところで船を出す無意味さを語り、ペイスに考えを尋ねた。

この坊やならば、作戦の一つや二つを腹に抱えていても不思議はない。むしろ一計を案じているに違いないという確信。

「一つは定置網」

「ほう」

「港の船着き場に網を張ります。賊がまだ国内に居るのなら、船で逃げるのに必ず港を使います」

ペイスの言葉には、ある程度の道理が含まれていた。

海の上を移動するような魔法でもない限り、海に逃げるならば船を使う。

神王国の周りの海は一部を除いて外海であり、波は高く風も吹く。小舟で出れば早々に転覆の危険性がある。

ならばそれなりに大型船の寄港する港を押さえるのは道理である。

ただし、賊が海から逃げるのならば、という前提があれば。

ニルダは、このあたりが気になった。

「陸で逃げてるならどうなるんだい？」

「陸を逃げて、モルテールン家の【瞬間移動】に移動速度で勝てるなら、それはもうどうしようもないでしょう？　無駄なことを考えても仕方ありません」

「それもそうか」

ニルダの疑問は、ペイスが答えたことで氷解した。

もしも王都から逃げ出した盗賊が大地の上を逃げているのならば、完全な空間短縮《ショートカット》が可能なモルテールン家から逃げられることはないだろう。速さというなら、一瞬で長距離を移動できる【瞬間移動】に勝るものはまずありえない。

勿論、賊もそのことは重々承知しているはずだ。明らかに組織的に、動いている形跡があるわけで、モルテールンの下調べは入念にしているだろう。ならば、陸でモルテールンと速さを競うなどという負け確定の勝負を挑むはずもない。

「賊が南に逃げていたならば、必ずどこかで海に逃げます。僕ならそうする。海に逃げてしまえば、

【瞬間移動】は無意味です。ことを起こし、火事で注意を逸らした僅かな時間的優位を活かすためにも、先行逃げ切りで大海原へ逃走。これが最も、モルテールン家から逃げられる確率が高い」

王都でモルテールン家の注意を逸らし、龍の卵を盗んだ賊。手際は実に見事だった。

当初、ペイスが想定した逃走方法は三つ。

一つは王都潜伏案。

隠密に適した魔法や、或いは潜伏する組織の協力で、龍の卵を持ったまま王都内か、或いは近辺に隠れる。ほとぼりが冷めるまで隠れきれれば、相手にしてみれば勝ちだ。

しかし、この案はカドレチェク家と、非公式ながら王家が動いた時点で破棄しても良いだろうと考えられた。

元々王都の治安を預かる軍家筆頭のカドレチェク家が、本気で捜索に動いたわけだし、物量にあかせたローラー作戦でもやればまず尻尾を掴《つか》める。

第一、龍の卵というもの自体、生ものだ。できるだけ早くに然るべき環境に置かねば、もしかすれば腐敗が起きるかもしれない。或いは卵が生きていれば孵化《ふか》するかもしれない。

不確定要素を抱えたまま、息を潜めるのも愚かな話。

もう一つは、検問の届かない所から逃げる。

例えば空を飛んで逃げるような可能性も考えた。

しかし、この逃走方法だと魔力的に見て必ず数回は息継ぎや休憩が要る。

かつてペイスは、穴を掘って逃げる賊と戦ったこともあるのだ。似たような魔法を使い、検問を突破して逃げる可能性はあると踏んでいた。

しかし、これは一見すればうまい手でも、どん詰まり。必ず捕まる悪手だ。空を飛べば遠くからでも見えるし、穴を掘れば穴が残る。魔力だって無限に続くわけもなく、空を飛ぶなら必ず休憩は必要。どんな方法にせよ、運搬途中で一切の痕跡を残さずにいることはまず無理だし、王家には追跡に長けた魔法使いも居る。東西北の国境が厳重に封鎖されれば、最終的に逃げるのは南。モルテールン家の勢力圏である。

結局、逃げるならば最初から南に逃げ、それもできるだけ早期に海に逃げる。検問が敷かれる前に検問を越えること。

これが、賊たちにとって、神王国の捜査体制とモルテールン家近縁の戦力を勘案したうえでの最適解だろう。

ペイスは強い確信をもって断言する。

「港はうちだけじゃないんだが」

「勿論そのとおり。後は、レーテシュ伯にも既に連絡を飛ばして、目ぼしい外国船には臨検するよう要請しました。逃げるために船足を求めれば、小舟の漁船しかないような漁村ではなく、大きな帆船を泊められる港に的を絞るべきでしょう」

「妥当っちゃ妥当だな」

神王国の東部であったり、ボンビーノ領とレーテシュ領の間であったりには、小規模な港も点在している。しかし、これらは本当に小さな漁村だ。港というより、ボートを係留する船着き場程度のもの。

ペイスの予想どおり泥棒が南に逃げたのならば、ボンビーノ領以外ではレーテシュ領から船で逃げ出す可能性もあった。

ペイスは勿論そのことも踏まえ、事前にレーテシュ家に伝言を届けている。

対応としては迅速であり、網は最大限広げた上で、徐々に狭めるという原則にも則っているとニルダも頷く。

「問題は、それで捕まらない場合ですが……」

「どうするんだ？」

「一旦仕切り直しでしょう。しかし、多分大丈夫だと思いますよ」

王都と近辺は封鎖したうえで虱潰《しらみ》しに探しているのだから、まず安心だ。

北と東と西は、他人任せながらでき得る対策はしてある。これらのどちらかに逃げれば、ほぼ間違いなく捕まえられるだろう。

南に逃げても、ずっと陸伝いなら【瞬間移動】でカセロールが対応できる。

そして海から逃げることに対して、ペイスが対応しようとしているのだ。

できるだけの最善を尽くしたとペイスは言う。

これで捕まらないとなれば、後はもう既に海の上に居る、という可能性ぐらいだろう。

それについても、ペイスは大丈夫だろうと楽観視している。

「何でだい？　自信の根拠を知りたいね」

「ボンビーノ家には〝鳥使い〟が居るじゃないですか。障害物のない広範囲な海を見渡すのに、空から見下ろすほど有用な捜索はありません。それで駄目なら、諦めもつく」

「ははは、こりゃ一本取られた。まあ、うちらに任しておきな」

確かに、海の上の探し物なら、ニルダ達ボンビーノ家のお家芸だ。

特に、鳥使いの魔法使いがボンビーノ家に仕えるようになって以降、ニルダ達海兵と、連携を取れるように訓練もしてきた。

彼女たちにとっての縄張りである海上で、しかも最も土地勘のある範囲《エリア》で、探せないとしたら他の誰にも無理だろう。

そう暗に信頼を向けられたニルダは、呵々大笑《かかたいしょう》する。

気合が入ったのだろう。

ニルダたちの働きにより、一つの報《しら》せがもたらされる。

「……最悪、の一歩手前ですかね」

既に、それらしき外国人が大きな船で出航済みという報せだ。

時間的には、港に網を張る僅かに前。本当にギリギリのところで逃げられてしまっているらしい。

「敵ながら、天晴《あっぱれ》です」

「賊を褒めてどうすんだい」

「そうは言っても、この手際の良さは中々に見事ですよ？　予《あらかじ》め完璧に手配を済ませておいて、ことを済ませるにじっと機会を狙い、いざ動き出せば迅速で果断。迷うことなく目的を達成し、逃げる時は脇目もふらずに一目散です。これが自分の部下なら鼻高々で自慢しているぐらい優秀ですよ」

余裕綽々《しゃくしゃく》で賊を褒めたたえるペイスに、ニルダは呆れた。

「しかしこれで尻尾は摑みました。海の上に居るとなれば、ニルダさんたちの出番です」

「あいよ、大船に乗った気持ちでいるこった」

「お願いします」

ニルダの号令の下《もと》、捜索船の用意はすぐにも整った。

日頃からボンビーノ家第六小隊の愛用する高速船で、屈強な漕ぎ手もついて無風でもそれなりに動ける自慢の船だ。いつでも動けるようにメンテナンスは万全に整えてあるし、即座に動けるように水や食料が何時でも備えてあるという手際の良さ。

任せろと自信ありげに請け負うだけのことはある。

ペイスを乗せ、ニルダ達が櫂《かい》を取れば、あっという間に海の上。風と波を切り裂くようにして船は進む。

「いた!! 姐《あね》さん、見えた」

「姐さんって呼ぶんじゃないよ。今は団長と呼べって何回言えば分かるんだい。それで、方角と距離は」

「距離三百強で二時の方角」

「ああ、あれかい。あたしにも分かった」

船のマストの上。見張り台から、声がした。

台に居たのは、ニルダの部下の中でも一等目の良い熟練の船乗りで、見間違いというのはまずない。

「見つかりましたか」

ペイスが、騒ぎを聞きつけ甲板に立つ。

目のいいペイスでも、流石に海の見方は習っていない。

貴族様、あっちです、などという船員の言葉に、指さされたほうを見れば確かに船があった。

「見えたかい？　あれだよ。外国人を乗せてるくせに、普通の交易船を装っていた船っていうのは」

「これからどうやりますか？　あの船を止めないといけませんが」

「安心しな。あそこら辺は哨戒《しょうかい》の範囲内だ。おい、お前ら、停止命令を送れ!!　旗揚《はたあ》げ!!」

「「了解です、団長」」

ニルダの命令で、船員たちが一斉に動き出す。

船の奥から旗が持ち出され、マストにするすると掲揚《けいよう》された。

旗の意味するところはシンプルで、逃げる船に対して停戦を命じるものだ。

この旗を見ておいて逃げるとなると、即撃沈されても文句の言えない代物。しかも、日頃から哨戒としてボンビーノ家の船がうろついている海域であり、旗を無視して逃げるような船があればまず間違いなく捕まえられる。

「姐さん、うちの船が奴《やっこ》さんの船を停めた」

「よくやった。モルテールンの坊ちゃん、何とか足止めはできたようだよ」

「よろしい。ならば先方の船まで近づきましょう」

海洋貴族のボンビーノ家は流石である。

ボンビーノ家の公船から逃げるようにして進み、停船命令を無視する船を、哨戒の為に巡回中の船が捕まえた。

こうなれば後はこっちのものだと、ペイスは賊と思《おぼ》しき船に近づくように指示する。

流石に龍の卵があるかもしれない船を、即沈めろとは言えない。

ゆるりゆるり、確実に接近するペイス達の船。

「姐さん!!」

「あれは……なんてこったい!!」

賊の船までもう少し。

そんなタイミングで、ニルダが嫌そうな声を出す。

「どうしたんです?」

「あちらさんの船の足止めはできてるが、厄介なもんを揚げやがった。ほら」

「厄介なの?」

「ありゃ聖国の旗だ。しかも公用船の旗を上げてやがる」

ペイス達の船と、足止めをしている巡察の船と、そして賊の船。

それがひと固まりになっているところで、高々と掲揚された旗。旗印を見れば、聖国の公式な持ち船。公用船だった。

「つまり?」

「このままだと完璧に外交問題になるってことだな。国と国の」

敵はどうやら聖国。しかも、万が一捕まったときの用意までしていたとは周到なことである。

普通の対応ならば、ここで一旦膠着《こうちゃく》状態になるだろう。

だがしかし、世の中には普通でない人間というものも居る。

「よし、突っ込みましょう」

「はあ⁉」

「総員、戦闘準備‼　あそこにいる船を、強制的に接収します‼」

ペイスは、過激な命令を下すのだった。

横やり

聖国の魔法使い、朝駆けのイサルことイサル＝リィヴェートは船に居た。

奇襲をもってモルテールン家の王都別邸から、龍の卵の入っていると思しき金庫を奪取し、逃走中である。

彼は作戦の成功を信じ、帰路の安全を神に祈っていた。

「イサル様、神に仕える赤色より連絡です」

敬虔な信徒として務めを果たしていたところに、部下からの声がかかる。

聖国は魔法大国であり、神王国に潜入したイサルとも、魔法的な手段で連絡が取れるのだ。

どういう魔法なのかは機密にされているが、事前に登録してある人物の頭の中に、響くようにし

て一方的にメッセージが届く。

イサルはこれが【共鳴】の魔法を応用したものであることを知っているが、部下も含め、単に便利な道具として利用していた。

メッセージを受け取るほうにも訓練が必要で、これもまた魔法研究の成果でもある。神王国がモルテールン子爵の【瞬間移動】を利用するために国境付近に領地を与えたように、【共鳴】の魔法使いは迅速な連絡の為に秘匿されて使われるのだ。

神に仕える赤色ことビターが、どうやって情報をいち早く入手していたのかを察するイサルだったが、使えるものは使えば良いと開き直る。

「内容は？」

「レーテシュバルから迎えの船が出たと」

「迎えの船？」

「保険……ということです。詳細は分かりませんが、もう近くまで来ていると。急いで乗り換えてほしいという内容でした」

報告の内容について、しばらく考え込むイサル。

元々の予定になかった行動を指示されるというのは、どういう意味なのか。

「……この船がバレたか」

聖国に居ながらどうやって知ったかは不明ながら、恐らく聖国上層部は何かを摑んだのだろう。

得られた情報の内容は想像でしかないが、追手がイサル達の船について情報を手にしたというもののはず。

今いる船が捕まるのも時間の問題。だからこそ、急いで別の船に乗り換えろという指示なのだろうとイサルは頷いた。

今の船は、交易を行う商船に偽装したもの。特徴といえばカラーリングを含めていろいろと思いつくものがあるので、バレてしまえば見つけるのは容易いことだろう。

イサルとて、魔法を上手く運用しているのが自分たちだけだという自惚《うぬぼ》れはない。聞けばボンビーノ家も魔法使いを抱えているという。ならば、見つかるかどうかを心配するのではなく、見つかるのが早いか遅いか、時間の問題だと思っておいたほうが良いだろう。

そして案の定。さほどもしないうちに、船の中が慌ただしくなる。

「イサル導師、拙《まず》いです。どうやら捕捉されました」

船長がイサルを呼んだ。

連れ立って甲板に出てみると、自分たちの船より小さめの、それでいて足の速そうな船が行く手を遮り、帆を下ろすように通告してきていた。

これ見よがしにボンビーノ家の紋章を掲げていることからして、警邏《けいら》用の御用船といったところだろうか。

「どうしますか？」

「臨検ならば従うしかないだろう。ただし、我々のことは全力で隠蔽してくれ」

「分かりました」

件《くだん》の船が自分たちを捕まえるために動いていた可能性は半々といったところ。もしかすれば、普通の通常警邏かもしれない。無論希望的観測でもあるが、間違った見方という訳でもないはず。そもそも、船長はイサルたちの任務の内容を知らない。ヤバいことをしているとも知らないのだから、普通の臨検ならば船長に任せて隠れているのが正解だ。

一般の客を装い、普通にしていればやり過ごせる。普通の手段ではイサル以上の速度で情報を伝達できるはずもないのだから、堂々としていればただの旅客。

元々ボンビーノ領から聖国に向かう航路は、とても良い交易航路になっているのだ。毎日とまでは言わずとも、それなりの頻度で船が行き来する。

ならば当然、航路の安全を守る必要も出てくるだろう。多くの船が往来するということは、それだけ邪《よこしま》な人間にとっては美味しい狩場ということなのだから。

大金や、或いは高級な積み荷を積んだ交易船は、海賊には絶好の獲物。海賊が、普通の商船に偽装して海賊行為を行っている可能性はいつだって存在する。

ボンビーノ家の海軍とて馬鹿ではない。こまめに海域を巡り、怪しい船が居たらば乗り込んで船の中を臨検する。こういう警邏行動の頻度が上がれば上がるほど、海賊たちの早期発見に繋がるし、抑止効果も生まれるだろう。

つまり、船を止められたのも、日常業務の可能性が高い。イサルはそう判断した。

そもそも、龍の卵のことを知る人間は少ないはず。臨検で船を止めようとしてきた連中のような下っ端が、知らされているはずもないのだ。

臨検を受け入れ、ボンビーノ家の人間を船にあげる。

イサルはそのまま普通の乗客のフリをしようとしていた。

「この船の船長は誰だ」

ボンビーノ家の兵士と思われる者が船に乗り込んでくるなり大声で叫ぶ。

船長は、慌てて対応に出た。

「私です」

「実はこの船に、王都で犯罪を犯した重罪人が乗っている。中を検《あらた》めさせてもらうぞ」

だが、希望的観測とは往々にして外れるものらしい。

「それはできませんな。船長として、部外者を入れるわけにはいかない」

咄嗟に、船長は対応を変えた。

船の自主管理権をたてに、臨検を拒否する構えだ。

「何⁉　それならば力ずくになるぞ？」

「何と言われても。この船は貴人を運んでいるのです。貴方方がどういう立場なのかは知りませんが、貴人を優先するのは当然でしょう。重罪人が居るというのもいいがかりだ。大事な方々を、あろうことか犯罪者扱いで取り調べるなど、船を預かる長として見過ごせない」

拙い。隠れながら様子を伺っていたイサルは、そう思った。

自分たちにできる最速で逃げたにもかかわらず、もう既に網を張られていたらしい。

或いは、元より王都に誘うのが罠だった可能性もある。

何にせよ、このまま捕まってしまえば犯罪者。任務失敗となるだろう。それはイサルとしても許容できない。

「……拙いな。ここまで手が回るのが早いとは予想外だ」

どうすべきかと、逡巡が生まれる。

イサルは神に祈った。どうかご加護をと、心の底から願ったのだ。

そして、天啓が閃《ひらめ》く。

先ほどの連絡で、迎えの船が近づいてきているという話だった。これを利用する。

「我々は、確実に任務を果たさねばならない。お前はこれをもって、こっそりと船の底に……海の中に隠れろ」

「イサル様!!」

部下の一人に、盗んだものを持たせて、逃がす。

そうイサルは言った。

「近くまで、迎えの船が来ているという連絡があったばかりだ。そこに逃げ込めば、手はある」

「そこまで泳いで行けと？」

「まさか。臨検が終わる時間、海の中にそっと隠れていろ。そして、迎えの船が来たらそれに乗り込めば良い。ふむ、金庫ごとだと扱いづらいだろう。中身だけを持って、身を潜めているんだ」

部下に卵を持たせ、海に隠す。

こっそりとロープでも垂らしておけば、それを命綱にしていられる。船を止めていても、臨検ならば怪しまれまい。

幸いと言っていいのか、イサルの部下としてついてきたものは港町の生まれが含まれる。海の傍で育ったならば泳ぎも得意だろうし、息を止めて潜る時間も長いだろう。

「ならばイサル様が!!」

「できない。この船で少しでも神王国の捜索を妨害するためにも、自分が残らねばならないのだ」

船長は、咄嗟のことながら貴人を運んでいるといった。

イサルは聖国十三傑の一員。貴人といっても別におかしくない特別な地位にある人間。

自分を運んでいるのだから、船長は捜査を拒んだ。聖国の貴人を泥棒扱いとは覚悟はあるのか、と開き直ってやればいい。

最悪、イサルが捕まっても良い。卵さえ無事に聖国に届けば、任務は完了だ。

賠償金を払うなり、利権を渡すなり、後は交渉次第でイサルの身柄を聖国が引き受ければ良い。

「分かりました」

イサルの説明に、部下は渋々頷く。納得してくれたことで安堵した魔法使いは、金庫の鍵を壊して、中の卵を部下に渡した。

後は自分が時間を稼ぎ、迎えの船が来るまで臨検の連中をできるだけ長くくぎ付けにしておくだけだ。

「公船の旗を揚げさせろ」

「よろしいのですか?」

「構わない。最大限のサポートをすると言質《げんち》も貰っているからな。後始末はビター辺りに任せるさ」

旗が上がる。

聖国の公の船という旗だ。

偽装していたものの正体を明かすわけだから、公式に〝聖国はスパイ活動をしていました〟と公言することにもなる。

どう考えても外交的に揉める案件になるのだが、それでもイサルは旗を掲げさせた。

「これで、この船は治外法権になった」

公船ということは、船の中は所属する国に準じる。法律を含めて、全ての権利義務は聖国に準じたものとなり、ボンビーノ家の兵士が好き勝手することはできない。

強力な効果であるが、それほどまでに所属の旗の意味は大きいのだ。

これを掲揚旗主義、或いは旗国主義と呼ぶ。

公船としての立場を明確にしたことで、たちまちボンビーノ家の兵士たちは不利な立場に置かれる。

この場合、まな板の上に置かれたのは彼らなのだから。

「何事だ？」

ボンビーノ家の兵士たちは、雰囲気が変わったことと、掲げられた旗を見て狼狽《ろうばい》する。

「イサル様。旗の掲揚をいたしました」

「ご苦労。ここにいる者たちはなんだ？」

「はい、この船を検めたいということです」

「臨検は認めない。この船は聖国十三傑たる私が、極秘の任務を受けて使用する公船だ。異教徒がうろついて良い船ではない」

臨検する気でいた兵士たちは鼻白《はなじろ》む。

それはそうだろう。職務を行っていたら、いきなり自分たちが捕虜も同然の立場に置かれてしまったのだから。

「旗を掲げたからにはこの船は聖国の領土も同じ。諸君らは不当に領土を侵すものだ。即刻立ち去れ」

イサルは、あくまで高圧的に対処する。

ここで追い返せれば万々歳。そうでなくとも、時間稼ぎには十分な大義名分だ。

元々この掲揚旗主義の慣習は、漁師の風習からのもの。漁師は魚を取るのが仕事なわけだが、仕事場自体はいろいろなところに船で出かけて行う。

かつて南大陸が群雄割拠だった時代、漁師たちもその波にのまれた。

船に載せている魚が、誰のものかで争われるようになったのだ。

そこで、漁師たちは組合を作って団結し、一つの原則を定める。自分たちは旗の示すところに税を納めると。

時代が下がり、国と国の外交の規則《プロトコル》ができるに従い旗国主義は公に認められるものとなった。

掲揚旗主義は明確に定めがあるわけではない慣習法だが、南大陸ではそれなりに強制力を持つもの。

少なくとも正当な理由なく旗を無視したものは、海に関わる者全てを敵にする可能性を孕《はら》む。

つまり、全てを敵にする覚悟があるかどうかだ。況《いわん》や、大龍にさえ立ち向かう蛮勇が。

「敵襲!!」

甲板の上から、見張りの声が響く。

慌てて様子を見てみれば、ボンビーノ家の船と思わしき船が猛スピードで近づいてきていた。しかも完全武装の船員を並べ、弓を射かけてくる。

明らかに武力衝突だ。

「何!? 公船だぞ。ボンビーノ家は戦争でもする気か」

「どうします」

「やむを得ん。応戦しろ!!」

「はっ!!」

イサルは、応戦を指示した。

だが、最早対応は後手に回っている。

元々イサルの得意な戦場は、見晴らしも良くて障害物のない広い場所。【俊足】を活かした縦横無尽の高速移動による戦闘が持ち味。

今、戦うのは船の上だ。

狭く、障害物は多く、揺れるうえに奇襲されたような状況。最も苦手な戦場だ。

「武器を捨てなさい!! 抵抗すれば容赦はありません!!」

少年の声が響いた。

最初はボンビーノ子爵直々に出向いてきていたのかとイサルは考えた。

何せ、場所が場所である。ボンビーノ家の船から飛び出てきて、船の揺れも気にせずに暴れる少年が、海賊討伐の武名も高きボンビーノ家当主なのかと。

しかし、そうではないと気づく。

事前に最重要警戒対象として知らされていた容姿に合致する。

あれこそモルテールンの龍殺し。

勝てっこない。聖国の魔法使いの精鋭を動員してさえ勝ちきれず、武勇伝は数知れず、当世の麒《き》麟《りん》児《じ》と名高い龍殺し。

そして、イサルは知っている。モルテールン子爵の魔法は〝息子に貸せる〟ということを。

【瞬間移動】の魔法は、船上では相性が良い。

不利を悟り、剣を収めたイサルは、大声で自分の名を叫び、聖国の〝外務官〟を名乗った。

「貴方がコソ泥さんですか。拘束しなさい。ニルダさんたちはそのまま監視を。我々は船内を捜索します」

ペイスがイサル達を捕縛する。

勿論、自分が窃盗の犯人であるなどとはイサルも言わないし、態度にも出さない。

「鼠一匹見逃さないように捜索を。僕は厨房を探します!!」

手分けしての捜索。ペイスは真っ先に厨房に行き、ボンビーノ家の兵士たちは部屋をひとつずつ虱潰しに探していく。

そして程なくして〝鍵の壊された金庫〟が見つかる。

「ペイストリー＝モルテールン卿、見つかりました……何をしているのです？」

「見てください。物凄い種類の卵です。わが国では手に入らないものまでこんなに……凄いです!!」

何故か目を輝かせて厨房を漁るペイスに、兵士たちは少々呆れ気味だ。ペイスの奇行に慣れていなければこの反応も仕方がない。

「それは良かった。では、卵などよりこちらを確認ください」

モルテールン家の紋章を象った錠がついていて、間違いなくモルテールン家のものであると分かる金庫。

決定的な証拠だ。勝負あったと、その場にいた人間の多くが感じた。

甲板に戻ったペイスは、そのままじっと何かを考え込み始める。

焦れたのはイサルのほうだった。

「聖国十三傑序列五位イサル＝リィヴェートである。名高き龍殺し、ペイストリー＝モルテールン卿とお見受けする」

「ええ」

「我々は聖国の外務の任を帯びる者。如何なる要件でこのような無体《むたい》を働く」

「外務官？　ああ、なるほど。そう来ましたか」

ペイスは、イサルの言葉に一瞬惚《ほう》けた。

パチパチと幾ばくかの瞬きをした後、考えがまとまったのか大きく頷く。

「聖国の公船を襲って、只で済むとお思いか？」

「勿論です。貴方の身柄を抑えれば、犯罪の立証は可能ですから。ましてや、こうして物的証拠も押さえましたし、このとおり、証人は多い。貴方の身柄を王都に送り、そのまま聖国に対し厳重な抗議をしましょう」

「……そう上手くいくかな」

ニヤリ、とイサルは笑った。

彼の目には、遠くから飛ぶようにしてやって来る船が見えたからだ。

その船は明らかにこの船団に向けて急いでいる。

「……ふむ。なるほど。良い一手ですね」

ペイスの呟きは、思いのほか大きかった。

ややあって、船団に近づいてきた船が旗をあげた。

旗の紋章を見れば聖国の旗を掲げた船である。

非戦の意思表示を見せたうえで、ペイス達の船に寄せてくる二隻目の聖国公船。

相当に近づいたところで小舟が下ろされ、身なりの良い人物がやって来る。

「おお、そこに居るのはペイストリー＝モルテールン卿かな」

「はい。御久しいですね……伯爵」

船に乗り込んできたのは、神王国の外務貴族の重鎮。コウェンバール伯爵であった。

この時点で、ペイスは神王国の外務閥が動いたと確信する。

「この場は小職が預かることになりました」

案の定、余計な横やりが命中した。

交渉と水掛け論

明らかにボンビーノ家の高速船とは違った形で作られている帆船から、一人の紳士がやって来た。

ペイスにも面識のある人物であり、神王国の国内政治でも一派を形成する重鎮。

綺麗に整えられた身なりからは品の良さを感じつつも、張りつけたような笑顔が、刺々《とげとげ》しい今の場には相応《ふさわ》しくない。

「コウェンバール伯爵がわざわざおいでとは驚きました」

チクリと棘の含まれた言葉を投げかけるペイス。

「偶々《たまたま》雑務でレーテシュ伯の所に居ましてね。どうやら一触即発の事態を防げたようで、ほっとしているところだよ。ははは」

皮肉にも取れるペイスの言葉を、飄々《ひょうひょう》とした態度で受け流すコウェンバール伯爵。態度からにじみ出る余裕は、長年交渉の場でしのぎを削ってきた経験を感じさせる。

戦場で切った張ったと剣を振るう豪傑とはまた違った意味で、古強者《ふるつわもの》と思わせる雰囲気があった。

「お忙しいなか、ご足労頂き恐縮です。船に乗ってくるというなら、てっきりカールセン子爵辺りだと思っていましたが」

元々海上の権益に関わる査察を行うのは、コウェンバール伯爵の仕事ではない。何の権限があってここにいるのか。

暗にそう問いかけるペイスに対し、伯爵は軽く頷いて答える。

「彼の御仁《か》も忙しい。それに、カールセン子爵は査察が仕事で、ボンビーノ家やレーテシュ家と仲良くするわけにもいかない。そこで、私が代わりに来たのだ。ご不満かな？」

「滅相《めっそう》もない。閣下のご尊顔を拝し光栄に思っております」

コウェンバール伯爵は外務貴族の重鎮。その権限はカールセン子爵の上位互換である。こと外交分野に限り、外務尚書の信任を受けてかなりの裁量が認められていて、動かす予算額もかなり大きい。仲裁に入る格という意味では申し分ない。

それに元々伯爵は、聖国と神王国の橋渡し役を自他ともに認める聖国通《せいこくつう》。聖国語も訛りなく流暢に喋《しゃべ》るし、聖国の文化風習にも詳しい。信仰こそ神王国人のそれだが、他は聖国人の中に居ても全く違和感なく溶け込めるだけの知識とマナーを身に着けている。

聖国とのトラブルが予想される中にあっては、最も適任かもしれない。

誰の采配であるのか。南の女狐か、王都の腹黒公爵か。或いは王宮の魑魅魍魎《ちみもうりょう》か。国王直々の使命もあり得る。

どんな思惑があるにせよ、伯爵がやって来たことで軍人が出しゃばることはやり難くなった。

咄嗟にそう判断したペイスは、コウェンバール伯爵を笑顔で歓迎して見せる。中々の腹芸だ。

「それで、私がこの場を預かることになったが、了承頂けるかな」

「頷く前に、事情を説明願いたいです」

何がどうなって、いきなり現れて仕切り出すのか。

詳しい説明を求めるのは当然だろう。

ペイスの求めに応じた伯爵は、さてと顎を撫でながら言葉をぽつりぽつりとこぼし始める。

「ふむ……そもそも、王都で〝小火騒ぎ《ぼや》〟が起きた時、モルテールン家から王家への献上予定品を〝紛失〟したと連絡があった」

「む……」

明らかな放火を小火騒ぎ、明確な窃盗事件を紛失と表現する伯爵の言葉に、ペイスは思い切り顔を顰《しか》めた。当然だろう、ここで伯爵の言い分をそのままにしてしまえば、問題が相当に矮小化されてしまうのだから。

何の意図があってそんな言葉を使うのかと、ペイスは猛抗議する。

「落ち着いてもらいたい。王家にも立場があるのだ」

少年貴族の猛々しい抗議も、伯爵は平然と受け止める。

そのうえで、王家の立場を説明しだす。

王家としては、ことが外国勢力との紛争、果ては国家対国家の戦争になってほしくない。元々穏健派の外交方針を持っていた現国王だけに、戦うのは消耗激しく国益を損なうと考えているのだ。

勿論、必要とあれば戦争も辞さないだけの覚悟と判断力を王は持っている。とはいえ四方を仮想敵国に囲まれているのが神王国だ。できることなら戦う際は敵を絞りたい。

目下、神王国が主敵とするのがサイリ王国。先般フバーレク家を筆頭にした東部南部の連合軍が、広大な土地を奪取することに成功している。このまま、弱っているサイリ王国に敵を絞り、他とは睨み合いを続けるのみとするのが現在の大まかな外交方針。

だからこそ、不確実なことは言えない。聖国に対して批判をし、後から間違ってましたというのは、喧嘩を売るだけ売って大義をなくして損をするという意味で、最悪なのだ。

故に、火事を放火とは断定せず、窃盗かどうかがはっきりするまでは単に紛失である。

モルテールン家としては納得しづらいものがあるが、理路整然と説明されるとペイスも頷くしかない。

「失礼しました。続きをどうぞ」

「献上品の〝紛失〟はさておき、王都の、それも貴族街での小火というなら重大事。事情を陛下自らが御調べになり、どうやら放火の疑いが高いと結論づけられた」

「はい」

改めて、伯爵は火事の件を放火らしいという。

火事の起きたところが厨房の近くということで、自然に火事が起きた可能性や、自覚できない事故や偶然で火災の起きた可能性もある。

故に、断言はしない。あくまで、放火〝らしい〟という態度だ。可能性が極めて高い、という扱い。

これもまた政治的な判断であり、公爵はじめ軍が人を動かすには根拠として十分だが、仮に抗議があっても誤魔化せる余地は残す曖昧さの匙《さじ》加減である。

「さらに言えば、放火犯と思われる者は逃走済み。そしてカドレチェク公爵が自ら指揮を執って王都に検問を敷いた」

「ええ、そう聞いています」

王都を封鎖する勢いで敷かれた検問。

これは、軍家閥の重鎮が自分で指揮を執って為されている。

モルテールン家からの要請というのもあるし、自分たちのおひざ元で事が起きているというのもある。

王都が荒らされて、犯人には逃げられてしまいました、では治安を守る公爵の顔を潰す行為になるのだ。

「軍が捜査を行ったうえで、犯人はどうやら国外に逃げようとしていると、公爵から連絡があった」

「迅速な対応だと思います」

「そこで方々に〝王都から〟連絡が飛んだ」

「連絡が？」

どうやって。

ペイスの疑問だ。

王家にはお抱えの魔法使いが何人もいると聞くが、それほど広範囲にわたって迅速な連絡がつけられるものなのか。

或いは、物理的、技術的な手段で何かあるのか。

少年の問いに、伯爵が答える。

「モルテールン卿だよ」

「父様ですか」

「こういうときの為に、モルテールン卿が王都に詰めていると言っても良い。カセロール殿の魔法で、目ぼしい所には連絡が届いたのだ」

ペイスは、カセロールが〝魔法の飴〟も使ったことを察した。

元々カセロールは、魔法の内容こそ利便性と汎用性に富むものであるが、王都から四方に飛び回れるほどの魔力はない。そんなことができるのはペイスぐらいなものだろう。

しかし、魔法を飴が代替してくれれば、自前の魔力は使わずとも良い。【瞬間移動】の魔法がカセロールの十八番というのは広く知られていることなので、魔力の量さえ誤魔化せれば、転移し放題になる。

「さっきも言ったとおり、私はたまたまレーテシュ伯の所にいた」

「はい」

「そして、レーテシュ伯が海上の監視を強めるように指示を出していたところ、ボンビーノ家から連絡が届いたのだ」

「それも父様が？」

ボンビーノ領からレーテシュ領まで、結構な距離がある。

それを半日も経たないうちに連絡をするなど、神王国の技術水準からすれば、魔法的手段以外にあり得ない。

まさか父親が八面六臂《はちめんろっぴ》の活躍をしたのかとペイスが問えば、伯爵は軽く首を横に振る。

「いや。鳥が連絡を運んでいるのを見た。ボンビーノ家のお抱え魔法使いによるものだろう」

「ふむ」

「その内容を見て、下手に拗《こじ》れると聖国との戦争さえ起こり得る事態と判断した。この判断は間違っていたかな?」

「いえ、正しいと思います」

恐らく、ウランタ辺りがいろいろと気を使って手配したのだろう。

事実として公船が現れ、武力衝突まで起きている。このまま最悪の事態を連想していけば、聖国対神王国の戦争、或いは先の大戦のように神王国対周辺国全てという全面的な世界大戦もあり得る。

ペイスとしては、どうせどこかで外務のちょっかいがあるだろうと想像していたわけだが、ウランタがそこまで想像できたかどうかは怪しい。

従って、可能性というものだけならば、伯爵の懸念は当たっている。

「そうだろう。将来の摩擦と衝突を予測したなら、その芽を摘むのは我々外務官の仕事。そこで伝手を使って船に乗り込んだという訳だよ。何故か都合よく動かせる聖国の公船があってね。こうしてまかり越した次第だ」

「はあ」

「聖国との折衝は我々が預かる職務。決してモルテールン家の顔を潰すようなことはしないと神に誓う。この場を預からせてもらいたい」

「事情は分かりました。仕方ありませんね。僕もメンツの為に全面戦争というのは御免被りたいところでしたから」

ペイスは、自称平和主義者である。

菓子の為ならば、もとい故郷と領民を守る為ならば戦争も辞さない覚悟ではあるが、当人は平和を愛し、平穏を望んでいること疑いようもない。

ならばこそ、外務官が仲立ちして、モルテールン家含む神王国側のメンツが保たれ、実利を得られる落としどころが探れるなら、それに越したことはないと頷いた。

「理解いただき感謝するよ。それで、そちらはどうかな?」

ペイスとの話がついたところで、伯爵はイサルのほうに向き直る。勿論、拘束の類は既にない。

伯爵はイサルのことも当然知っており、十三傑の一人であることも知っている。

故に、殊更丁寧な態度で聖国人に接していた。

「何のことかは分からないが、誤解があるようならばそれを解くのもやぶさかではない」

イサルは、今の現状を考える。

どう考えても、勝ちが確定している話ではないか、と。

今、モルテールン家から奪った金庫の中身は、部下が隠し持ったまま。恐らくは聖国上層部が手配したであろう連中が、匿《かくま》っているはずである。二隻目の船の雰囲気から、安堵感が漂っていることからそれは間違いなさそうだ。

つまり、本国がもみ消しとつじつま合わせに動くための時間稼ぎと、最低限の交渉ラインさえクリアできれば、それで良い。

最低限の交渉ライン未満とは、例えばモルテールン家に〝龍の卵の所有権〟があると認めてしまうことなど。

聖国でお宝を確保する。それが叶うように動くのが最低ラインだ。最悪なのは、今この場に居る公船二隻ともが拿捕《だほ》され、中の人間や荷物を調べられるようなことだろうか。

逆に言えば、現状での最低ラインはこの場からとにかく離れることである。金やら名誉ならば相当に譲歩ができるということでもある。

「では双方の意見を聞こう。誓って公平な判断をするので、お互いに言い分を論じてほしい」

伯爵が、話し合いの場が成立したことを認め、双方の言い分を聴取しだした。

「では我々から」

これ幸いと、イサルは自分たちの意見を滔々《とうとう》と述べ始める。

自分たちは任務の為に商船と偽っていたのは事実だが、それは貴人たるイサルの身を守る為の防衛的措置であり、街中で変装するようなものであると。

これについてはペイスは何も言わない。商船偽装の船舶について、取り締まりはボンビーノ家の管轄だ。

対し、ペイスの主張も明確である。

「我々の主張は、単純。王都での〝放火犯〟並びに〝献上品窃盗犯〟の捕縛と、〝献上品奪還〟にあります」

モルテールン家として最優先に守るべきは、盗難品の奪還。これが為せないのであれば、実利的にも大損であるし、モルテールン家も、神王国王家も、カドレチェク公爵家も、そしてボンビーノ家も、全てが面目を潰されることになる。絶対に譲れない条件として、強く主張した。

そのうえで、犯罪人の確保。

これも、貴族としての体面を守る為には成し遂げたい要求である。

ただし、先の条件を満たす為であるならば、譲歩も可能な条件だ。

犯人に報復するのは、最悪聖国丸ごとに対して行えばよいのである。勿論、そんな内心をペイスが語ることはない。

「先ほど身柄を拘束していたようだが、その犯人がイサル殿であるということかな？」

「はい。この船の捜索で、当家の金庫が発見されています。王都から盗まれたものに間違いなく、従って盗んだのは彼です」

ペイスは、ピッと指をさして犯人を示す。勿論指さす先は聖国の魔法使いだ。

これで話は終わり。という訳にはいかないのがこの手の交渉というもの。

イサルもまた、強かにペイスの論理について反論して見せる。

「それは違う。その金庫は偶々街で入手したものだ。物珍しさから購《あがな》ったが、盗品とは知らなかっただけのこと。その証拠に、本当に盗品というなら、返還する用意がある」

「王都で盗まれてから半日でナイリエに持ち込んだ者がいて、そこから買ったと？　あり得ないでしょう」

「しかし、事実としてここにあるのだ」

「それは貴方が盗んだからでしょう」

「断固として否定する。百歩譲って、その金庫が盗品であったとしても、それを我々が盗んだという確たる証拠でもあるのか」

「……むむ」

いっそ清々しいほどの開き直りに、今度はペイスが言葉に窮《きゅう》することになった。

実際、確たる証拠というものがあるのかと問われると、ないと答えるしかない。

盗まれた金庫が現にあり、明らかに魔法使いでなければ不可能な状況に置かれていて、目の前に俊足と名高い移動に長けた魔法使いが居る。どう考えても、朝駆けの魔法使い以外に犯人は居ないのだが、確実な証拠、例えば犯人の目撃者であるとか、遺留品といったものはない。状況証拠のみである。

盗った盗らないの水掛け論が始まり、盗品であるからには賠償せよ、金がないなら船ごと寄越せとペイスが言いだす。ならば返還に対価を寄越せとイサルも言い返す。

金庫の中には卵があったはずだとペイスが言えば、そんなものは知らないとイサルもすっとぼけ、何なら船の卵は全部くれてやるとまで言い張り、潔白を主張した。

結局、喧々諤々《けんけんがくがく》の議論が戦わされ、お互いの言い分がまとまる。

「ふむ、では最終的な判断を言おう」

伯爵が、両者をそれぞれ見つめ、意思確認を行う。

「この船団の持つ〝全ての卵〟と〝金庫〟をモルテールン家に引き渡してもらいたい。卵を損害賠償に充てることについては聖国は異議を唱えない。何者かが盗品を持ち出そうとしていた事実は両者ともに認めるが、犯人については確かな証拠をもって責任を問うものとする。ここまでは良いかな?」

「はい」

「結構です」

〝盗まれた品の奪還〟に関しては、とりあえず金庫が返ってくることで、ゼロ成果ではない。中身については今後も捜査に相互協力するとした。ここら辺が落としどころだったのだ。

公船の中にあるすべての卵を引き渡すとした以上、中に龍の卵がある〝かも〟しれない。可能性がゼロでないなら、まず取り返した〝はず〟と言い張っても良かろう。神王国上層部のメンツはこれでそれなりに保たれる。

盗まれてしまったと批判されても、いやいや取り返したはずで、今調べている、と言い返せるからだ。場合によっては、金庫が盗品であったのは事実だし、盗品を取り返したと断言しても良い。盗品全ての確実な奪還は叶わなかったが、その見込みが立ったというところが現状の妥結点。

イサルにとってみれば、積んでいた卵の山の中に龍の卵がないことは百も承知だが、そんなことはモルテールン家やボンビーノ家に分かるはずもないと、さもその中に卵があるふりをして交渉した。上手くいったとほくそ笑むばかりだ。

〝犯人の捕縛〟についても、確実な証拠がない、とするあたりが落としどころだった。

一度イサルを捕縛した以上、ボンビーノ家やモルテールン家側としては犯人の捕縛には成功した、と言い張れる。あくまで証拠不十分であり、政治的配慮で釈放したという態《てい》にできる。

モルテールン家側の求める〝犯人捕縛〟と〝盗品奪還〟は、曖昧な部分が残るものの達成された。調停役の伯爵は、そう判断して頷く。

「船籍を偽っていたことについては、ボンビーノ家に聖国から、先に決めたとおり賠償する。ただし、公船に武力行使したことについての賠償をその一部に充当するものとする。そして今後はこの決定に異議を申し立てないこと。両者ともによろしいか？」

「はい」

「良いとも」

公船全ての没収を当初主張されていたイサルとしても、賠償で片づく話であれば譲歩できる範囲だった。

少々痛い出費になるだろうが、そこは自分の上司たちに尻ぬぐいしてもらう気満々である。

最後に、今後の交渉でひっくり返されないように、或いは賠償をお代わりされないように、この場のことは今後異議を申し立てないという確約が為された。

「ではここに、契約を」

ペイスとイサルは、お互いに目線で火花を散らしながら、同じ内容の書かれた三通の書類にサインするのだった。

朝駆けの帰還

船が揺れる。

風任せののんびりとした航海は、乗組員たちの心持ちそのもののようだった。

「疲れたな……」

「はい」

乗員の一人、イサル＝リィヴェートは哀愁と共にいた。

酷く草臥《くたび》れた様子の男に、部下のかける声は労《ねぎら》いの色合いを帯びる。

「お前も、よく頑張ってくれた」

多分に気遣いの含まれた部下からの声に、イサルは改めて上司として感謝の気持ちを伝えた。

「いえ。素潜りは得意ですので。この寒さで寒中水泳は堪えましたが、これも神の与え賜うた試練と思えば何ほどのこともありません」

イサルが労った部下は、卵を持って海中に身を沈めていた者。

年も明けて早々。下手をすれば水が凍る季節に海に居たのだ。よくぞ耐えきったと賞賛すること頻りである。

「素晴らしい信仰心だな。枢機卿にはその働きを必ず伝えておこう」

「ありがとうございます」

「しかし、そのおかげであのモルテールンとボンビーノを欺《あざむ》けた。これは大きい」

「はい」

部下の働きもあり、またイサル自身の頑張りもあって、モルテールン家、並びにボンビーノ家との交渉はまとまった。

交渉内容には、例えば犯人に繋がる新たな証拠が見つかった場合の対応など、後日の懸案として残るものもあったが、おおむねイサルとしては満足いく結果である。

何せ、今の時点で〝お宝〟はイサル達の手元にあるのだから。

今まで散々してやられてきたモルテールン家に対して、或いは過去の戦いで苦い思いをしたボンビーノ家に対して、一矢報いることができたかと思えば満足もひとしおである。

「だが、まさか船の中身を殆ど持っていくとは思わなかった」

「金庫というからてっきり手提げのアレだけかと思えば……」

勿論、交渉相手はあのモルテールン家の異端児だ。ここぞとばかりに悪辣《あくらつ》なことをしてきた。

船の中に置いてあった数々の卵。それなりに苦労して集めていたそれを、全て奪っていったのだ。

万が一のことを考えて、龍の卵を紛れさせる可能性を考えて用意していたものが役に立ったといえばそのとおりだが、丸ごと奪われるのは予想外だった。

当初の想定では、例えば万が一船に乗り込まれてきても、大量の、そして多種多様な卵を見せ、混乱させるようなことを考えていたのだ。まさか、全部持っていくとは、モルテールンの強欲は計り知れない。

何より、金庫を持っていくという条文にサインした後、モルテールン家の金庫以外に、船の中の鍵つきの箱を軒並み漁り出したのだから驚きだ。

確かに、どの金庫かは言っていなかったが、それにしたところで船長室まで漁られるとは予想外にもほどがある。

「仕方がない。条文に穴があったとしても、それは見落としたほうが悪い。……だろう？」

「そうですね。あっはっは」

イサル達は大いに笑った。

船の中にあった全ての卵のみならず、船長室の金庫や、果ては船員個人用の備えつけの鍵つき箱の中まで総ざらいで没収されたのだ。条文に金庫とだけあったことを逆手に取られた形。

本来、このような曖昧な部分で揉めたのなら、再交渉なり武力による解決なりをするのが南大陸の流儀。だが、イサルはモルテールンの屁理屈を受け入れた。

ただし、条文に穴があったとしても、それは見落とした側が悪いのだ、という理屈を受け入れさせたうえで。

イサル達が何故そんなことをしたかといえば、ひとえに龍の卵を守る為だ。

船団の持つ卵を返還する。

つまりは、船団外に居た部下が持つ卵は対象外だ。

これこそ真に賢い条文の利用というものである。

正々堂々、公式にイサル達は龍の卵を手にしたことになるのだ。

既に、盗品の返還は終わっている。つまり、その卵は盗品だから返せ、などと言われても胸を張って拒否できる。あれはもう終わった話だ、と。

条文にあった窃盗の犯人として、仮にイサルの身柄が要求されたとして、その頃には卵自体は既にイサルの手にはない。

喜んで捕まってやろうとイサルは笑った。

「改めて、よくやってくれた」

「恐縮です」

部下の肩を軽く叩き、功績を称えるイサル。

「しばらくは船旅だ。ゆっくりと体を休めてくれ。風邪をひいて寝込まれでもしたら、俺の責任になる」

「ははは」

一仕事終えたからだろうか。

急に体の強張りが抜けた気がする。

イサル自身がそう感じているのだ。寒中水泳をやらされた人間は、尚更体の不調に気を遣うべきだろう。

船の上で火を使うのは限定的だから、美味しいものをたらふく食わせてやりたいものだ。そう考えたところで、イサルはあることを思い出す。

「そうそう、確かレーテシュバルでしこたまフルーツを買い込んでいるらしい」

「へえ、それは良い」

船乗りにとって、フルーツは貴重品である。

冷蔵庫もない世界、生鮮食料品は早ければ一日二日で悪くなるのだ。物が腐りにくい季節とはいえ、新鮮な食材を補給しているというのは朗報だ。

行きにも長期間船旅で、そこから先は時間との勝負で碌《ろく》に食事を楽しむ時間もなかった。ただただ駆け足で走り抜けた幾日か。甘いフルーツというのはご馳走であり、甘美な誘惑だ。

ここ最近、レーテシュバルやナイリエといった神王国の港町ではフルーツが手に入りやすくなったらしい。それを目ざとく買い込んでいたというなら、この船の船員は実に優秀である。

優秀な船員によるとっておきの贅沢。頑張った部下に対する褒美としては、まず喜ばれるものだろうと、イサルは笑顔で部下に話す。

「好きなだけ食っていいぞ。後は、温かいものを用意させよう。スープなんてどうだ？」

フルーツの他にも、美味しいものはある。

船の上では、温かいスープなどがご馳走だ。

揺れる船の上で、しかも木造船。火を使う行為は、何よりも細心の注意をもって行われるのが船の常識。

故に、お湯を沸かすのにも物凄く神経を使わねばならない。

大勢いる船員の料理を作る料理人が、火を通さずに作れる料理を多用するのは至極当然であった。

例えば、カルパッチョのような調味料と生の魚を和えたものであるとか、保存食を多少水で戻して食べやすくしたものであるとか。

逆に言えば、火を長時間使う料理は船では一番の贅沢、ご馳走である。

「肉入りですか？」

「無論だ。最大の功労者に敬意を払い、最高級のハムを使って料理させる」

「あ、ありがとうございます」

保存食の中でもハムやソーセージは人気だ。

味が美味しいというのもあるが、元々が高級品というのもある。

今からよだれが出そうな話だ。

「それじゃあ、部屋に戻るか」

今晩の食事に期待を膨らませ、イサル達は気疲れを癒すのだった。

◇◇◇◇◇

何日間かの船旅を終え、聖国公船は麗《うるわ》しき港町に戻ってきた。

「ようやく懐かしのボーハンに帰ってこられたな。見慣れた海だ」

いつぞやの気疲れも晴れ、その分だけ望郷の念を篤くしていた聖国人達は、帰るべき故郷が見えてきたことに喜びもひとしおである。

元々今回の任務は、最悪の場合を想定してあった。つまりは、神王国でそのまま一生を終えるという想定だ。事実、ボンビーノ家の船に捕まった後、モルテールン家が出張ってきた辺りの対応では、少し間違っていれば虜囚《りょしゅう》の憂き目にあっていただろう。何なら、戦闘の際に命を落としていたかもしれない。

無事に帰ってこられた。

それだけで、歓喜の感情が湧き上がってくるではないか。

「もう海に潜るのは御免ですよ？」

寒中水泳をやらされた部下が、チクリとイサルを揶揄《やゆ》する。

勿論、不満があるわけでもなく、揶揄《からか》い半分だ。

長い船旅の間ずっと一緒だったし、何よりも困難を共に乗り越えた達成感を共有する間柄。いわば戦友である。気の置けない関係となるにも不思議はない。

特に彼の部下は、寒中水泳後には体調を崩したこともある。冬の真っただ中に海で泳いだのだから当然といえば当然かもしれない。

暖かい環境と周囲の熱心な看病があったため大事には至らなかったが、これで肺炎にでもなって拗らせて亡くなっていれば、イサルの寝覚めは最悪だったに違いない。

夢見の悪くなる思いをせずに済んだことを思えば、多少の皮肉や揶揄いは笑って許せる。

軽く目を見張り、少々大げさな態度で両手を挙げてリアクションを取るイサル。

「ははは。お前のおかげで上手くいったんだ。ここまでくればもう大丈夫だ」

港が見えている時点で既に聖国の管轄内。

ここであれば、何かあっても聖国の要人であるイサルは強い。権力を存分に行使できるし、味方だってごまんといるのだから。神王国なにするものぞと強気にもなる。

「船が着くぞ‼　揺れるから気をつけろ‼」

船長の声がする。

「お、着くぞ。お前たち、最後まで気を抜くなよ」

「「はい‼」」

ここまで来て、お宝を奪い返されでもしたら目も当てられない。

イサルは、自分の懐《ふところ》に入れているブツを再確認しながら、船の着岸に備えた。

船が港に着き、荷物を下す船員たちが慌ただしく作業するなか、下船の手続き云々の雑事を一人の部下に任せ、イサル達は大教会に向かう。

勿論、迎えに来ていた馬車に乗ってだ。最高級の馬車での出迎えに気後れすることもなく、国家の要人として威風堂々帰還の途に就くイサル達。

教会で何十人もの司祭や司教に出迎えられつつ、聖国の誇る序列五位の魔法使いは、チャフラン枢機卿に謁見する。

「猊下《げいか》、イサル＝リィヴェート以下、全員帰参いたしました」

畏まった挨拶をする魔法使いに、豪奢な恰好をした聖職者が歓迎の態度を露《あらわ》にして迎える。

「無事で戻ったか。遠路長躯の旅、ご苦労だった」

「いえ。神のご加護がありますれば、何ほどのこともございません」

帰還の報告に際し、神へ祈るイサル。

勿論枢機卿も、同じく神への感謝の祈りを捧げる。

イサルの任務の内容は秘密であり、知る人間は少ない。しかし、何かしら重要な任務であったことはある程度知られており、大変な任務が無事に終わったとするのなら、それは神の加護があったからだと皆が考える。

その場にいた全員が、一つになって祈るのだ。

心から神を信じる彼らは、自らの信仰に基づいて神に感謝をし、無事を喜ぶ。

祈りが済めば、公的な帰還報告は終わりだ。

枢機卿は私室にイサルを招き、厳重に確認をしたのち、おもむろに詰め寄る。

「して、首尾は？」

「ここに」

低い声で期待に満ちた雰囲気の枢機卿に、イサルは自信満々で卵を取り出す。

用意されていた豪華な台座に置かれたそれは、室内の明かりを鈍く反射して輝いている。

「よくやった‼」

枢機卿は、喜びを堪えきれずに、イサルの肩を強めに叩く。

「はっ」

慇懃に頭を下げるイサルの顔にも、自信と笑顔が浮かぶ。

「詳しく話してくれ。どうやってこれを手に入れたのだ」

「では、まずは王都のところから……」

嬉しげに、そして楽しげに、嬉々として手柄話を話し出すイサル。聞き役として時折相槌をうつ枢機卿も、何とも愉快な雰囲気ではないか。

情報を仕入れて王都で待ち伏せたこと。機を見計らい、一気呵成に行動に出たこと。部下たちと手際よく分担して、まんまとモルテールン家の屋敷から金庫を盗み出したこと。そしてそのまま部下と共に一目散に港へ向かったこと。船に乗って逃げようとしたところで捕まってしまったこと。

「何⁉ 捕まった⁉」

「ええ。しかしご安心を。実に上手く切り抜けられました」

モルテールン家の麒麟児といえど、所詮は子供でした、とイサルは笑った。

交渉の経緯からやり取りを話し、実際に妥結した内容と共にサインした書類を見せる。

しばらく内容を確認していた枢機卿は、この内容であれば、折角確保した卵が取り返されたのではないかと不審がる。

「さにあらず。実は、部下に卵を持たせ逃がしていたのです」

「ほほう！ 詳しく聞きたい」

イサルとしても、今回の任務の一番苦労した部分が卵持ち逃げの件《くだり》だ。

自分が足止めしている間に部下を隠し、そして逃がし、モルテールン家やボンビーノ家を見事欺いて窮地を脱した。

聞けば聞くほど、実に見事なやり取りである。

「あのモルテールン家を出し抜き、ボンビーノ家の裏をかいたとは天晴」

「ありがとうございます」

「それで、これが龍の卵か……変わった色だな？」

聖職者は、卵を割らないように容器ごと持ち上げ、観察する。

見れば見るほど不思議な色合いで、心惹かれる光沢がある。

表面には〝幾何学模様が描かれ〟ているし、その色は金属光沢だ。銅のような、銀のような、金のような、色々な金属が混ざったような色合いで、見た感じは重たそうに見えるにも関わらず、持ってみた感じは意外と軽い。大きさ的には〝ガチョウの卵〟ぐらいのものなのだが、重さもガチョウの卵と同じようなもの。

後は、この卵が生きているかどうか。

もしも卵が生きていて、龍を孵《かえ》すことができたなら。聖国は、龍素材に困ることがなくなるのだ。生きている龍が飼いならせたなら、鱗も爪も、もしかしたら牙も、生え変わる度に採取ができるだろう。

聖国の最高機密を知る立場にある男は、龍素材がもつ価値を知る。魔法研究の盛んな聖国において、軽金をはじめとする魔法素材は値千金。それが量産できるとなれば、国益に与える影響は計り知れない。

功績というなら、並び立つ者が居ないほどの特大の功績だろう。ある意味で、国を一つ奪い取るよりも利益は大きい。

つまりは、至尊の地位がすぐ目の前に、手の届くところに降りてくる。

「これで私は次期教皇だ!!」

コリン＝エスト＝チャフラン枢機卿の高笑いはしばらく続いた。

復活の卵

件の事件が一応の決着を見た後、ペイスは王都別邸に戻ってきた。

そしていきなり、いきなり宣言しだした。

「プリンを作りましょう!!」

「あぉ?」

仕えるべき主君の息子に対し、一の重臣たるシイツ従士長は、ドスの利いた低い声ですごんでみせる。

お前は何を言ってるんだという気持ちが、ご丁寧にラッピングされたドス声だ。

「あれ? 父様はどうしました?」

「王都とあちこちを飛び回るのに、今忙しいんですよ。誰かさんの尻ぬぐいで」

「それはそれは。勤勉な父を持って、僕は誇らしいです」

うんうん、と頷く少年に、相も変わらぬ図々しさと太々《ふてぶて》しさを感じるシイツ。

彼は、自分の仕事をこなす為に、ペイスを防諜のできる部屋に引きずって連行した。

少々どころではないフラストレーションが溜まっていたのだろう。

「坊、とりあえず聞きたいんですがね」

「ええ」

「……盗まれた龍の卵、泥棒から取り返したんですかい？」

モルテールン家の大番頭は、真っ先に一番重要なことを聞く。

「その質問ならノーですね。泥棒さんからかっ剥《ぱ》いできたのは、大量の卵と金庫の中身です。見てください、聖国方面から南の海図まで手に入れたんです。お手柄でしょ？」

「んなこたどうでもいいんでさあ。俺らが龍の卵を盗まれっぱなしなら、根回しも何もかも台無しじゃねえですか。大将の顔も丸つぶれだ！」

シイツの言葉には、このうえない焦りがあった。

それもそのはず。モルテールン家が、こともあろうに王都で献上品を盗まれたのだ。これを円満解決しないことには、方々に迷惑がかかるし、最悪の場合はモルテールン家が何らかの罪を問われる事態になりかねない。

世の中には難癖をつけてでも他人を貶《おとし》めたいという人間は大勢いる。特に宮廷貴族辺りは日頃からその手の足の引っ張り合いに終始しているだけに、他人を蹴落とすのが得意だ。

屋敷の管理体制が甘かった、貴重な物の管理が悪かった、王都で揉め事を起こした、軍まで動かして成果がなかった。いろいろといちゃもんはつけられる余地がある。

だからこそ、ペイスが直々《じきじき》に動いたのだろうし、カセロールも裏方に尽力した。

にもかかわらず、呑気な声でスイーツを作りましょうなどと言われれば、幾ら自称温厚なシイツ様でも怒りが湧くってもんでしょうと、従士長はペイスに詰め寄った。

「それなら安心してください。外務官が間に入って、正式に条文も交わして契約しましたから」

「いや、でも……結局してやられたってんでしょうが？」

かくかくしかじかと経緯を説明したペイスだったが、シイツの顔色は晴れなかった。

問題は、形式として外交問題にならないということではない。戦争を未然に防いで国益を守ったというなら、それは外務閥の手柄だ。犯人を結局証拠不十分で解放せざるを得なかったことや、盗まれた品を取り返すことが能《あた》わなかったことは、軍家閥としては大きな、そして手痛い失敗である。

「金庫に入っていた卵が聖国の何処かに持ち出されてしまっていたのは間違いないでしょうね」

「なら……取り返さねぇと」

盗られたものは取り返す。

それができて初めてメンツが保たれる。シイツの言い分は、ペイスとて正論と認めるところだ。

「……シイツ、聖国の狙いは何だったと思いますか？」

「龍の素材を手に入れることでしょう」

「ええ。それで、彼らは我々から〝金庫に入れられた卵〟を盗み出した」

「はい」

含みのあるペイスの言葉に、勘の良いシイツは何かあると気づく。

「我々としては〝龍の卵〟を守り、〝盗まれたものを取り返した〟という事実が必要ですね」

「ええ」

「ならば、我々は勝利した」

どや顔で断言して見せるペイスに対し、おおよそのことを察したシイツだったが、それでも詳細な説明を求めた。

「どういう意味ですかい？」

「彼らは確かに、金庫に入っていた卵をまんまと持ち去った。実に見事な手際でした」

「ええ」

「では龍の卵は今どこにあるでしょう」

「……聖国ではないと？」

「はい。実はここに」

「え？」

ペイスが、どこからか卵を取り出した。

ダチョウの卵か、何ならスイカ程は有りそうな大きさのそれを、ドンとシイツの目の前に置く。

色合いどころか大きささえも〝聖国に持ち去られた卵〟とは違うようだった。

「実は、上手く事故で割れたことにして、プリンの材料にしようと思ってすり替えていたのです」

「はぁああ⁉」

悪戯坊主が、とんでもないことを言い出した。

「しかしこれが硬いのなんの。剣で叩いて割れないのですよ。信じられますか？」

「いろいろと信じられませんぜ……」

「割れなかったので、後でこっそり元に戻しておくつもりでした。てへっ」

シイツが信じられないと言ったのは、何についてなのか。

こともあろうに王家献上品をちょろまかそうとしていたことなのか、事故を装って割ろうとしていたことなのか、或いはそれが偶然のこととはいえ外国勢力の陰謀を未然に防いだことなのか。

もしかしたら、それらをひっくるめても悪びれない悪童っぷりにだろうか。

「折角卵を探してもらった向こうさんには悪いですが……この機会に頂いた卵で料理でもしましょうよ。何なら、盗まれたってことで龍の卵割りに再挑戦して……」

「駄目に決まってるでしょうが!!」

「……世界に唯一の、最高のお菓子ができるかもしれないのに」

「道楽も大概にしてくだせえ。とりあえず、大将には問題なしって報告で良いんですね?」

「そうですね。特に大きなトラブルは起きませんでしたし」

外国勢力とドンパチやらかすことは、大きなトラブルじゃないのか。という言葉をぐっと飲み込んだシイツは、頭に幻痛を感じながら、モルテールン子爵への報告をまとめることにした。

「それで、向こうさんが〝盗んだ〟龍の卵ってのはどうなるんですか」

「ああ、それなら、ちょっと考えがあります。まずは、父様への報告を済ませておいてください。僕は領地に戻りますので」

ペイスは、ニヤリと笑った。

◇◇◇◇◇

モルテールン領の領主館。

従士長が王都に長期出張中の為、珍しくペイスとグラサージュという取り合わせで執務を行っていた。

「若様、これ、何ですか？」

グラサージュが、一つの資料に目を止める。

中に書かれているのは、領内の幾つかの住所。

モルテールン領はどの村も区画整理が非常に行き届いていて、ある意味碁盤の目のように綺麗に整地されている。その為、ペイス発案による住所登録が為され、数字で管理されるようになっているのだ。

南十九区画八番三号、といった具合だ。ちなみにザースデン中央区一番一号が、領主館である。

「何って、住所の一覧ですよ」

「それは分かりますが、何の住所一覧かってことです」

書かれているのが住所なのは一目瞭然。

しかし、グラスが気に止めたのはその一覧の内容があまりに恣意《しい》的だったからだ。

グラン男爵家ひも付きの商家、コウェンバール伯爵がパトロンになっている店舗、聖国人が経営している料理店、ブールバック男爵の要請で建てられた屋敷、そして真新しい教会。

どれもこれも、随分と前から領内を探りまわっている連中の拠点と目されていたところだ。

それなりに後ろ盾があるため、モルテールン家としても無暗に取り締まることはできなかったが、何故か昨日、これらの一覧の場所にモルテールン家の兵士が押し入り、徹底的に捜索されたという経緯がある。

担当して指揮を執ったのがコローナ＝ミル＝ハースキヴィ。皆からは愛称でコロちゃんと呼ばれている女性従士であり、グラスは担当外だったために詳細は知らない。

他の仕事に手いっぱいだったので、改めてこの一覧が事前の捜索予定リストだったのかと聞いたのだが、ペイスは首を横に振る。

「それは、卵を探せなかった場所です」

「卵？」

「ええ。イースターエッグを隠したんです」

「はあ？」

ペイスがえへんと胸を張るが、勿論グラサージュにはイースターエッグというものが分からない。話のつながりもさっぱりだ。

「イースターエッグとは、元々とある場所で行われていた復活祭《イースター》で使われる卵のこと。綺麗にデコレーションした卵を隠しておいて、それを子供たちが探す風習があるのです」

「ほう、それは知りませんでした」

イースターを祝う風習は、現代でも世界中で広く見られ、特に欧米では宗教的行事として一つの伝統文化となっている。

イエス・キリストがゴルゴダの丘で処刑されてから復活した日の行事とされていて、卵がそのシンボルとなっているのだ。

復活祭の時にはウサギがイースターエッグを運んでくるとの逸話があり、子供たちは家の外のイースターエッグを探すという風習。

現代では本当の卵を使うところは少なくなり、チョコレートなどで卵を象《かたど》ったお菓子として振る舞われることもある。ペイスが詳しいのも当然といえば当然だろう。

「そこで、領内の子供たちを集めまして」

「ああ、何やら子供たちが集まってましたな」

グラサージュの子供は既に成人済みなので、子供といっても自分の子ではない。近所の子だ。

未成年の子供たちが集められて、何かをしていたような感じはあったが、如何せんグラスの仕事は領内の土木工事やその関連業務の統括。村に戻っているほうが珍しく、大抵はどこかで泥にまみれている。子供たちが何をしていたのかも、詳しいことは知らない。

それ故、続くペイスの言葉には驚かされる。

「龍の卵を探させました」

「ぶほっ!!」

いきなり何を言い出すのかと、グラサージュは思わずむせてしまった。

「勿論、本物ではありません。レプリカです。大きめの卵に、僕が【転写】して龍の卵を模し、幾つか隠しておいたのです」

「ほほう」

「子供たちが村の中を一生懸命探し回り、龍の卵を見つけた子にはご褒美、というイベントですね。楽しんでもらえたみたいですよ?」

「……狙いは何ですか？」

グラスの言葉に、ペイスは片眉をあげ、しばらく黙り込む。

「若様が、ただ普通に子供たちを遊ばせるだけの行事をするとも思えませんので。教えてもらえますか」

ペイスは、はあと溜息をついた。

この辺、仮にシイツ辺りだと大半は言わずとも察する。頭の回転という意味では、シイツも相当に賢い部類に入るのだ。

グラサージュも別に馬鹿ではない。計算もできるし、人の管理も上手い。だが、どうにもペイスやシイツほどには物事の裏を読むことができない。

「目的は三つ」

「ほう」

「一つは、さっきの一覧を作ることですね」

「ん？」

「子供たちが、街中でイースターエッグを探す。子供は遠慮がありませんからね。他人の家の中にも入っていって、探そうとする。何なら、家の中で家探しまでするでしょう」

「子供はそうでしょうな」

自分も子供たちが小さいときは手を焼いたと、しみじみと感慨にふけるグラス。

今でこそ王都の寄宿士官学校で学んでいるが、娘のルミニートなどは兎に角ヤンチャな悪戯っ子だったから、苦労したと語る。

「特に疚《やま》しいことのない人間は、子供たちが家探ししても、本当に見られて拙いような……例えば日記や下着やへそくりの場所以外は大らかです。僕がわざわざ布告していますから、物を探すぐらいなら寛容に対応する」

「そうでしょうな」

モルテールン領の領民は、元々みんな顔見知りのようなところがある。

今でもその感覚は根強く、特に子供たちは地域ぐるみで面倒を見るような風習があった。

領主代行のペイスが率先して行う〝遊び〟だ。いちいち怒鳴りつけるような野暮な人間は少ない。精々、本当に見られたくないものや、危ない場所を注意するぐらいなものだろう。

「逆に、子供たちが家探ししようとして、過剰反応をするところがあれば……」

「なるほど、怪しいですな」

「ええ。明らかに何かを隠している。それがそのリストという訳ですよ」

「ほほう」

「後は〝領主代行の命を軽んじた〟ということで、堂々と捜索ができたと。そのリストの何件かで、スパイの証拠を押収したらしいですよ？　昨日コロちゃんが報告に来てました」

「それは重畳《ちょうじょう》」

イースターエッグがないかと探しに来た子供たちを、明らかに過剰に追い返そうとする連中。

こんなもの疑ってくれと言わんばかりの状況だ。しかし、かといって子供たちに卵探しだと家探しされ、万が一隠しておきたいものが見つかると拙い。

下手なスパイなら、子供たちを追い返すほうを選ぶだろう。ペイスの思うつぼである。

「そしてもう一つ、龍の卵を〝増やせる〟こと」

「え？」

「実は、聖国の泥棒が持って行ったのも、隠したイースターエッグと同じ〝レプリカ〟なんですよ。レプリカを掴まされた誰かさんは、きっと本物かどうか裏付けを取るでしょう。それでモルテールン領を調べて驚愕するわけですね。確かに龍の卵だが、思っていたものと違う……と」

「何とも酷い悪戯だ」

龍の卵の為に多種大量の卵を用意した聖国とやり方は似ている。

特徴的すぎる龍の卵を隠すことは難しかろう。ならば、木を隠すなら森の中。龍の卵を量産してしまえば良いのだ。

という、何とも悪戯っ子らしい発想で、ペイスはイースターエッグを作った。敵を騙すにはまず味方からと、誰にも内緒で作ったレプリカだったから盗られもしたが、終わってみれば全てよし。

頑張って作ったレプリカも活躍したのだから、いいことずくめだ、とペイスは胸を張った。

勿論、それにツッコミを入れる人間はここには居ない。

「そして三つ目……これが一番大事ですが」

「何でしょう」

一番大事な理由。

これを聞かないわけにはいかないと、身を乗り出すグラサージュ。

「卵でお菓子作りができる!!」

「はあ？」

「イースターエッグとして使った卵。捨てるわけにもいきませんから、料理に使うべきです。折角龍の卵になってくれたのですから、ちゃんと最後まで責任を持つべきでしょう」

「……ええ」

一体何を言っているのかと思いつつ、グラスは頷く。

「ということで早速、僕はプリンを作ってきます。グラスはそのまま仕事を続けてください。後は任せました」

「分かりました……ってちょっと、若様!!」

今日も今日とて暴走するペイス。

同じ頃に龍の卵が〝孵って〟しまう事件が起きているのだが、彼はお菓子作りに夢中で、何も知らずにいるのだった。

第二十八.五章

再誕の卵

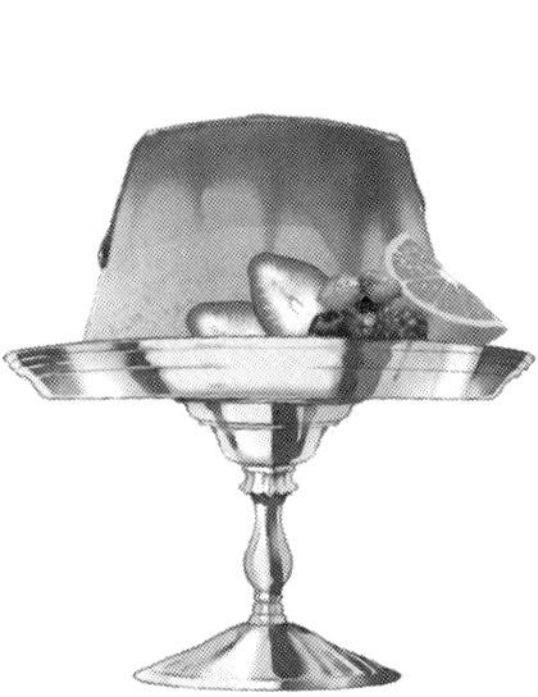

王都の年明け。

内陸部にある王都は、冷え込みも厳しい。

社交のシーズンでもあるこの時期は、貴族たちは皆屋内に籠もり、暖かな場所で談笑を交わす。

とりわけ王城では社交も華やかである。

常から地方に居る貴族たちも、農閑期をこれ幸いにと王城へ登城し、目ぼしい有力者に挨拶をしつつ、諸事の陳情を行って政治的な成果を狙うのだ。局所的な政治人口の集中は良い面もあれば悪い面もある。良い面として政治の効率化、悪い面では無駄な待機時間の増加。

国としてある程度の意思決定を任されている人間は数が限られる。そこに仕事が集まれば、意思決定をする人間は効率的だろう。次から次へと仕事がやって来るのだから。逆に意思決定をお願いする立場の人間は、大人しく順番待ちをせねばならなくなる。

早い話が、混雑する。

先だってモルテールン領で見つかった龍の卵の件で各所へ根回しをしているカセロールとしても、有力貴族たちが軒並み忙しくしている中では待ち時間が多く発生していた。

時間の単位が短くても半鐘《約一時間》の世界。午前に会談する予定が、前の客のせいで長引いて一鐘の間待たされるというのもザラにある。何なら、半日程度待ちぼうけという事態もあり得るのだ。

王城の一室。

休憩室のように使われる部屋で長い時間待ちぼうけを食らわされていたモルテールン子爵カセロールは、とある一報を受ける。

「ペイスから？」

報せを持ってきたのは、王城で働く騎士である。

王城に入るには、高位貴族以外は許可が必要な為、伝言役として騎士がカセロールに伝えに来たのだ。

曰く、ペイスの使いが王城まで来ていて、すぐにも伝えたいことがあるという。

何があったのかと訝しがるカセロールだったが、本来の用事の為の場つなぎにシイツを残し、自分だけ王城の外へ出る。シイツを残したのは、忙しい高位貴族の都合がついた時に用件だけでも伝えておく留守番に相応しいからだ。こういうときは、世に名前の通った従士長というのは都合がいい。

「カセロール様!!」

外に出たカセロールを待っていたのは、モルテールン家従士コアントローの部下だった。日頃は王都別邸の管理や、王都での表裏にわたる情報収集を担当する股肱の臣の部下。勿論見知った顔であるが、部下の顔色は冴えない。

それだけでも良からぬ報せであることは察せられたものの、カセロールは詳細を聞く。

「何かあったのか」

「はい。のっぴきならない事態が起きました」

やはり、というべきなのだろうか。

カセロールの姿を見た部下は、露骨に安堵の表情を浮かべる。つまりはそれだけ不安がっていたということだ。

尋常でない事態が勃発したとの報告に、先を聞くのが憂鬱になる子爵。

「聞きたくない、というのが本音だが、そうもいかんようだな」

「ええ。お屋敷のほうで火事がありました」

「火事だと!!」

話を聞いたところで、カセロールは驚いた。

元々王都は住宅が過密気味だ。特に下町や貧民街では木造の建物や構造物も多い。つまりは火災の被害が拡大しやすい。

だからこそ火の扱いについてはそれなりに厳しい管理が為されている。

暖炉などの数を無節操に増やせないよう、一つの屋敷に作っていい数が規制されていた時期もあったほどだ。

モルテールン家別邸も、その時期に建てられたもの。火の管理については十分以上に配慮されている建物で、普通ならば火事といっても小火程度しかありえない。

にもかかわらず、急いで報告せねばならないような火事が起きたというのだ。驚いて当然である。

「ええ。火そのものは、ペイストリー様の対応の速さもあって消火ができましたが、薪の備蓄が三割ほど焼失。屋敷自体も厨房付近で壁が焼けるなどの被害が出ました。人的被害は、消火作業で数名が軽い火傷を負った程度です」

「由々しき事態だな」

怪我人まで出るほどの火事であり、これから薪も手に入りにくくなるにもかかわらず備蓄の焼失が発生。ここ最近莫大な臨時収入のあったモルテールン家にとって、経済的にはさほど痛くない。しかし、火事の起きないはずの所に火事が起きたというのが問題だ。

「失火か？」

「いえ。放火であるとペイストリー様が断定されました」

「ならば間違いない。放火だな」

カセロールは、自分の息子を信頼している。

勿論、手のかかるやんちゃ坊主であり、騒動に愛されるという点ではこの上なく厄介な息子だ。

しかし同時に、才能については極めて優れたものを持っている。カセロールはそう確信していた。

父親としては親馬鹿と言われようとも、我が子の能力については誰よりも高く評価しているのがモルテールン家当主だ。

特に、菓子が絡めば心の底から心強い。不本意ながら、スイーツの関係することには常軌を逸した熱意で取り組むのが魔《ま》な息子である。

そのペイスが、お菓子作りにも使うであろう厨房付近の火事を、放火と断定したという。

息子の断言だけでも十分ではあるが、詳しく状況を聞かされてみれば、なるほど確かに放火と断定するに足る説明だった。

「そのうえ……」

「そのうえ？」

「龍の卵が盗まれた、と」

「何だと!!」

カセロールは一瞬かっと目を見開いた。

今、自分たちが苦労してあちこちに挨拶回りしているのは、偏《ひとえ》にその龍の卵についての根回しあってのことである。

それが盗まれてしまったとなれば、ことはモルテールン家の内々で収まることではなくなる。

「詳しく話してくれ」

「ペイス様によれば……」

部下から仔細を聞き取ったカセロールは、慌てて王城に戻る。


「シイツ」

王城に戻り、シイツを置いてきた部屋に入ったカセロールは、早速とばかりに従士長を捕まえる。

「大将、そんなに慌ててどうしたよ。お貴族様ってのはもっと上品にするべきじゃねえのか」

「冗談を言っている場合ではない。すぐに関係各所に連絡を取るよう手配してくれ。事件が起きた」

カセロールの只ならぬ様子に、シイツの顔つきも真剣になる。

「何があったんで?」

「放火だ。うちの屋敷がやられた」

「そりゃまた……確かに只事じゃねえですね」

詳しく聞いてみれば、確かにふざけている余裕はなさそうだった。

「しかし、各所に連絡ってのも色々とありますぜ」

連絡を取るといっても、何処に連絡を取るべきか。

今もって社交シーズンの慌ただしさの中にある王都。アポイントメントをすぐに取ってすぐに報告、という訳にはいかないのだ。

「カドレチェク公爵と陛下にはまず報告せねばならないだろう」

ことが大龍の話。それも龍の卵を王家に献上し、面倒ごとを押しつけようとしていた矢先の面倒ごとだ。

真っ先に報告するべきは、王家。そして、王家との仲介役を頼んでいて、なおかつ王都の治安維持について責任のあるカドレチェク公爵だ。

「あいよ。もし公爵邸に出向いてって話なら、魔法で送ってもらえりゃ早いですが？」

緊急事態に際し、迅速に行動する為には【瞬間移動】ほど適したものはない。

シイツは従士長としてそう訴えたが、カセロールは少し考え込んだのちに首を振った。

「止めておこう。明らかに不測の事態。我が家に対する明確な敵意の発露だ。今後何が起きるか分からん。魔力は温存しておきたい」

目下、明らかにモルテールン家に対して攻撃が加えられている。

敵の正体も不明であるし、敵の目的も不明な現状、もしかすると、カセロールを王城から、或いは王都から引き離すのが目的なのかもしれない。

実際に過去、カセロールを戦場予定地から引き離す為に、陽動目的の騒乱を起こされたケースがあったのだ。

カセロールが傭兵稼業の真似事で金を稼いでいた時期。いつ何時現れるか分からず、そして何処に現れるかも分からない首狩り騎士は、多くの人間から恐れられた。味方にすれば大変に心強いが、敵に回すと実に厄介な存在。それがカセロールだ。救国の英雄という英名もあり、多くの戦いに身を投じた。

戦場で頻繁に見かけるようになると、当然のこととして対策も練られるようになる。

さも緊急事態のような事案を発生させておき、カセロールがそれに手を取られている隙に目的を果たす、などといった手段はむしろ常套手段ともいえる対抗策だ。

ここでカセロールが手を取られるのは、これからさらに何か起きた時の対応が後手に回る。歴戦の経験が、カセロールの行動を縛っていた。

モルテールン子爵の言うことは至極尤もであるが、それで割を食うのは苦労人の従士長だ。

「分かりましたよ。俺がひとっ走り行けば良いんでしょうが」

「悪いな」

親友の肩をポンと叩くカセロール。叩かれたほうは渋い顔をする。

「人使いの荒えところは親子でそっくりでさあ」

「ペイスが私に似たのだろう。頼んだぞ」

「へい」

頼もしき従士長は、駆け足で部屋を出ていった。

◇◇◇◇◇

モルテールン子爵カセロールがカドレチェク邸を訪れたのは、食事時であった。

忙しい軍務尚書と連絡を取り、その日のうちにどうしてもと都合をつけてもらったことで、そのような時間になってしまったのだ。

食事を中断させてしまうような状況、非礼となるのは重々分かっているカセロールとしても、辞《じ》を低くして対応するほかない。

「なるほど、小火騒ぎがあったとは聞いたが、そのようなことが」

応接室の椅子に深く腰掛けるカドレチェク公爵。

話を聞き、モルテールン子爵がわざわざ至急にと面談を求めてきた理由もおおよそ察する。

「火事の原因は、間違いなく失火ではないのだな？」

「はい。息子も確認しており、私も改めて確認しましたが間違いなく放火です」

従士長を走らせている間、カセロールとしても何もしないわけにもいかない。

現場の検証であったり、実際にカドレチェク公爵に面談する前の根回しであったりと、いろいろと精力的に動いた。

カドレチェク公爵は中央軍大将、即ち国軍の最高位に居る。名目上は国王が最終的な決定権を持っているのだが、一から十まで全てを決めることはない。余程の国家的重大事でもない限りは、カドレチェク公爵が中央軍を指揮統率し、一切の命令を出している。

今回、カセロールとしてはぜひとも犯人逮捕に協力してもらいたいと考えていた。王都で軍権を持ち、治安維持を預かる大貴族の協力なしに、犯人を捕まえるのは難易度が上がる。というよりも、カドレチェク家が否定的に動けば、犯人逮捕などまず無理だろう。

是が非でも協力してもらわねばならない。その為の交渉だ。

「卿もよくよく騒動を起こすな」

呆れるような言葉を発する公爵。

戦乱を戦い抜いて波乱万丈な人生を送っていた先代と比べれば、当代の公爵は安定の中で育った。

自分の父が一派を率いて権勢を誇るようになり、自らはその庇護の下で何不自由なく暮らしてきたわけで、修羅場の経験はまだまだ少ない。

そんな当代カドレチェク公爵の人生経験からすれば、モルテールン家ほど騒乱と混乱と騒動に愛された家はないと断言できる。

大戦での獅子奮迅の活躍に始まり、各地の紛争の悉《ことごと》くに傭兵として参戦。軍家筆頭であったカドレチェク家の関わる争いごとで、モルテールン家が快刀乱麻を断つ如く揉め事を収めていったこともよく知られている。

さらにここ数年だけを取ってみても、隣国と争うこと三度。政争に首を突っ込むこと数知れず。領地の経営は前代未聞の好景気に沸き、果ては伝説の怪物と戦う有様。

これで口では平穏が一番と宣《のたま》うのだ。どの口が言っているのかという話である。

今回の騒動を持ち込んできたことも踏まえ、心底呆れているのだ。よくぞここまで揉め事を呼び寄せるものだと。

「私が起こしているわけではないのですが」

勿論、カセロールとしてもカドレチェク家当主の言いたいことは分かる。よく分かる。ほかならぬ自分自身が、平穏と程遠い立場に居ることを嫌というほど分かっている。

だが、言い訳をするとすれば、傭兵稼業で揉め事に首を突っ込んでいた時分ならいざ知らず、ここ最近の騒動は、多分に息子のやらかしたことを尻ぬぐいしているに過ぎない。

少なくともカセロールはそう思っている。

「当人はそう言うものだ。それで、頼みたいことがあるとのことだが」

「はい。ぜひとも王都に検問を敷いていただきたく、伏してお願いいたします」

呆れていても始まらぬと、本題を切り出すモルテールン子爵。カセロールが求めるのは全面的な捜査協力だ。

勿論、協力といっても程度がある。捜査員に人手を貸す程度の協力から、優先的捜査の指示、街への出入り監視の強化、果ては王都の完全封鎖まで。

現状で、経済的にも影響の大きい完全封鎖は難しいだろう。しかし、人手を借りる程度であればカドレチェク家でなくとも可能。

できれば、中央軍を動かして王都の検問強化程度までは強力を取りつけたい。

辞を低くして頭を下げるカセロールに、カドレチェク公爵も理解を示す。

「ほかならぬモルテールン卿の訴えだ、疑いはせん。しかし、検問を敷くといっても詳細を聞かねばなるまい」

「それはそうですね」

カセロールは、事情を詳細に説明し始める。

だが、その前にと前置きし、カドレチェク公爵は部下を呼ぶ。そして二言三言伝えたうえで、改めてカセロールと向き合った。

「急いで検問の準備をするよう指示はした。準備ができるまでに詳しい話を聞こう」

公爵も軍人である。

兵は神速を貴《たっと》ぶとあるように、軍事の多くは巧遅よりも拙速が勝ることのほうが多い。ことはモルテールン子爵が出張るほどのもの。万が一を考え、検問の手配までは終わらせておくよう指示した公爵は流石である。カセロールも感心すること頻りだ。動きの素早いトップというのは実に頼りがいがある。

「さて、まず小火があった件、先ほどモルテールン卿は放火と断定していたようだが、間違いないかな」

「はい。間違いなく放火です」

「根拠は？」

勿論、無根拠で放火と断言するわけはないとは思う。カドレチェク公爵としても、モルテールン子爵がそこまで迂闊《うかつ》な人間とは思っていない。

しかし、だからと言って確認もせずに信じるほど軽い職責にあるわけでもない。

きちんと根拠を聞いたうえで、自分の考えで判断をするべき。国家の重鎮として、男はそう考える。

カセロールとしてもここで根拠を喋るのは当然と思っていたので、説明する内容にも淀みはない。

「一に、場所です。ボヤが起きたのは燃えやすいものが置かれていた場所です。しかし、普段は一切火の気のない場所です。厨房の裏手の屋外、屋根の下に置かれているもので、昼間から灯火を使う者もおりません」

「ふむ」

これが夜に起きた火災であれば、家の人間がランプか何かの灯火を薪棚の傍に持ち込んでいた可能性はある。

だが、昼間からランプをつける人間はいまい。

ついうっかり火が燃え移りそうな場所に薪を置くはずもないので、薪の山は普段から火の気と壁を隔てている。ただの壁でなく、レンガや漆喰《しっくい》でできた石の壁だ。火が移るなどまずありえない。

つまりは自然に火がつくはずもない場所での火事。仮に失火や事故であったとしても、誰かが火を運ばねばあり得ない火事だ。

「二に、魔力の気配です。私の息子が現場を確認しましたが、魔力の残滓を感じられたとのこと。時間のたった今となっては証明こそできませんが、神に誓って、何らかの魔法が使われたことは間違いない。何の変哲もない場所に魔法を使うのは、通常の用途ではない。これは明らかです」

「なるほど」

そして、ペイスが確実に、カセロールとしても現場検証で僅かに感じたのが魔力の残滓。

元々人間には大なり小なり魔力があり、魔法が使われればそれを肌感覚で感じることができる。静電気を近づけた時の毛が浮き上がるような感覚に近い。体内から意図して電気を放出できる人間こそいないが、電気の影響を感じる人間は多い。魔力も同じだ。

魔力が多い人間ほど、他者の魔力については鋭敏になるもので、魔力量が桁違いのペイスなどは、はっきりと魔力の残滓を感じている。

屋敷の中、人目につきにくい場所でどんな魔法を使うというのか。魔法を使った人間がカセロールでもペイスでもシイツでもないとなれば、消去法で他家の魔法使いということになる。

勿論、放火があったと仮定しても、犯人が魔法を使ったとは限らない。しかし、どんな魔法が使われたにせよ、今回の火事と無関係ということはあるまい。

「三に、油。現場には、油のようなものが撒かれていた形跡が確認されています。厨房付近ですから家のものがうっかりこぼしていた可能性はゼロではありませんが、薪備蓄の広範囲に、燃え広がりやすい形で撒かれていたことから、偶然というには不自然であります」

「確かに、そのとおりだ」

工作の証拠、とまでは断言できないが、油もまた疑うには十分な状況証拠である。他所の家であれば厨房の傍に油がこぼれているなど珍しくもないが、モルテールン家に限定するなら、間違いなく異常なのだ。

まずそもそも厨房では油の管理が為されている。特に、厨房周りには異常に執着する次期領主によって、念入りに。異常なほど徹底した在庫管理だ。

他家ならばいざ知らず、ことモルテールン家では、勝手に油を持ち出されるということはない。ついうっかりこぼしてしまうぐらいはあり得るだろうが、それにしたってわざわざ薪の傍に油を運ぶ用事など不自然極まりないだろう。第一、こぼした後には事後報告ぐらいはある。

異常な人間が異常に執着している場所だからこそ、当たり前が当たり前たり得ない。厨房付近で油がこぼれたままなどという普通の状況は、モルテールン家限定で異常である。

「四に、火の発見の様子です。火事を発見した者やその周りに居たものから聞き取りを行いましたが、火事を見つけたときには既に少々の水では消せない状態になっていたそうです。小さな火種が広がったというより、突然燃え出したように感じたと」

例えば火の粉が何処からか飛んできて燃えるような偶発的なものだとすれば、ある瞬間に突然燃え上がるというものではない。燃えやすいものから火がジワリと広がり、段々と大きくなる。

バーベキューなどでも薪や炭に火を熾《おこ》すのに、火が大きくなるのは段階的だ。一気に広範囲が燃えるというのは不自然極まりない。それこそバーナーのようなもので炙《あぶ》りでもしない限り。

逆に言えば、今回の火事の広がり方は、作為を多分に感じさせるものだ。

「【発火】の魔法に近いな」

火を熾す魔法というのは、魔法のなかでは最もポピュラーな魔法である。王家も数人抱えているし、中央軍にも抱えている魔法使いが居る。

故にこそ、火事の様子が【発火】の魔法を使われた状況に近しいと感じた。

「はい。これらの状況から放火と断定しました」

つらつらと根拠を並べていったカセロールの言葉に、カドレチェク公爵は強く納得した。

「よく分かった。では、放火なのは間違いないだろうとして、検問とは？」

「……放火の後、当家から〝王家献上品〟がなくなっていることが判明しました」

続くカセロールの爆弾発言に、目を見開く公爵。

王都においては、王家に関わる事柄は絶対に無視できない要素だ。そもそも王都が王家の庭のようなものなのだから、そこで乱暴狼藉を働く輩は王家の顔に泥を擦《なす》りつけるようなものだろう。

王家を戴く国にとって、最上級の犯罪である。

「盗まれたと？」

「当家ではそう断定しています。時系列的に、家のものが火事の対応に掛かりきりになった隙に、盗んでいったと考えます」

単に、献上品が見当たらないだけであれば、モルテールン家内部で〝紛失〟という可能性もある。だが、放火の直後に気づいたとなると、誰が見ても窃盗であろう。

「……それで検問か」

「はい。ご協力願いたく」

検問を求める理由に、大いに納得したカドレチェク公爵。深く頷き、任せろと請け負った。

「よし、分かった。王都で放火のうえに盗みを働いた人間が居るとなれば、確かに逮捕・捜索は我々の管轄。全面的に協力する」

「ありがとうございます」

治安を預かる人間として、また王家の血統に連なる最上位貴族として、モルテールン子爵の訴えには全面的に協力すると約束した。

「それで、その〝王家献上品〟の詳細は？」

協力すると決めたのなら、事件のことで情報は全て掌握したい。

一体何が盗まれたのか。大きいのか小さいのか、数は幾つか、壊れやすいものか、等々。ものによって、運び方も隠し方も違ってくるのは素人でも分かること。

盗まれた王家献上品の具体的な説明を求めるのは当然だろう。

「……できれば話したくはないのですが」

「物が分からねば検問でも何に注意していいか分からないだろう。最低限、指揮するものがブツの確認をできねばなるまいし」

「口外無用に願えますか」

「勿論だとも」

くれぐれも、と念押ししたうえでのこと。

現時点ではどこの賊かは分からないものの、放火してまで盗み出したというのだ。尋常のものではないだろう。

カドレチェク公爵の予想は確かにそのとおりであったが、具体的なブツは予想をはるかに超えている。

「盗まれたのは……龍の卵であります」

「何!?」

中央軍大将は、再び驚愕の感情に襲われるのだった。

◇◇◇◇◇

全国に検問が通達され、特に王都では厳重な検問と都市封鎖に近い形での放火犯捜索が行われているとき。捜索の指揮を執っていたカドレチェク公爵から一向に朗報が齎されないことに、カセロールは苛立っていた。

「どうなっている？」

「俺に聞くなよ」

執務机を右手の人差し指でトントンと叩きながら、モルテールン子爵は腹心に苛立ちを吐露《とろ》する。

「たかが賊の一匹や二匹、カドレチェク公爵ともあろう御方が、こうまで手こずるのは何故だ」

千人単位で捜査人員を動かせるうえに、犯罪者の捜索に関してはノウハウも豊富なはずの組織が、尻尾の一つも摑めない状況。何故かと訝しがるのも当然だろう。

「公爵が黒幕で、捜査に手を抜いてるってなあどうです？」

シイツの大胆な予想ではあったが、カセロールは首を横に振る。

「捜査自体は私も見た。手を抜いてるとも思えんし、カドレチェク公爵の憤りは本物だった。第一、今の時点で一番損をしているのはうちと公爵だ」

「そりゃそうで。なら公爵黒幕説は違いますかね」

目下、龍の卵を盗まれたうえに火をつけられたモルテールン家と、お膝元の王都で放火を許し、挙句手掛かりの一つすら摑めず捜査が空振りしているカドレチェク公爵は、損しかしていない。

ここでカドレチェク家が黒幕だったとするなら、龍の卵に自家の評判と政治的地位を貶める価値を見出し、モルテールン家を敵に回しかねないという博打を仕掛けたことになる。十年前ならいざ知らず、今のモルテールン家は領地貴族としても軍系宮廷貴族としても確固たる地位を築いている。遠縁にあたるカドレチェク家が、龍の卵の為にモルテールン家を敵にする可能性は低い。

もしも本当に龍の卵が欲しいのなら、もっと穏便に交渉で手に入る可能性があったはずなのだ。モルテールン家とカドレチェク家は嫡男の嫁を通して縁戚。交渉の窓口はフバーレク家に次いで広い。妥協を探る余地は幾らでもあったはずで、あえて自家の不利益を積み上げてまで盗み出す必要性は限りなく少ない。

「考えたくはねえですが、上のお偉いさんが糸を引いてるって可能性はありますかい？」

カドレチェク家でないにしても、他の高位貴族が黒幕の可能性を示唆するシイツ。

「……可能性は相当に低いだろう。物が陛下への献上品だぞ？　私が上層部の人間なら、献上後を狙う。それならノーリスクだ」

「そりゃそうか」

今回の卵は王家へ献上されるはずだった。その為の根回しに動いていたところであり、この国の上層部であれば、情報自体を入手することは不可能だったとは思えない。根回しに動く以上、どうしたって情報は洩れるものだ。

ここで大事なのは、龍の卵は献上品として王家に渡されるはずだったということ。

普通、献上品というのは交渉次第で王家から手にすることができるのだ。

元々王家というのは各貴族から税の上納を受ける立場にあるし、そうでなくとも賄賂《わいろ》が珍しくない世界、付け届けや贈答品が腐るほど届く。

珍品や高級品を全て王家の宝物庫に仕舞っておくとするなら、それだけで蔵が幾つあっても足りなくなるだろう。

歴代の王も、都度適当な名目で献上された物の下賜を行っている。

今回の卵にしても、珍しいものではあるが、決して下賜ができないという類のものでもない。勿論唯一のものであり希少性は言うまでもないことから見返りは相当に必要だろうが、例えば領地を与えられるぐらいの手柄や功績を残せば、もしかすれば褒美としてもらえたかもしれないのだ。目ぼしい領地が余っていない現状、領地を加増せよと求めるより、龍の卵をくれというほうが遥かに要望が通りやすい。

現在の神王国上層部には、あえて今、あえて王都で、あえてモルテールン家を敵にし、あえて龍の卵を狙う理由は存在しない。

研究所にドカンと投資して、目を見張るような研究成果で国益に大きく貢献するであるとか、或いは敵の侵略を撃退するだとか、新しく見つかった魔法使いの一人も王家にさしだすとか。

龍の卵を手に入れるための、王家への交渉材料は幾らでもある。そしてそれは、王家に献上されてこそ為せるものだ。

上層部は理由に乏しい。その他の貴族ならばもっと難しい。

つまり、この国の貴族が黒幕という可能性は、無視していいだろう。

カセロールとシイツは、そう結論づける。

「だが、だとすれば何故ここまでやって尻尾を掴めない？」

「んなもん分かりきってまさあ。国内貴族じゃねえし、国内の目ぼしい組織でもない。ってこたあ、最悪を想定して動くっきゃねえでしょう」

最悪の想定となると、最も厄介な可能性を考えねばならない。

放火現場をいち早く調べたペイスの見立てでは、間違いなく魔法が使われている。野良で居る魔法使いが、突発的に行った事件なら、カドレチェク家の捜査でとっくに捕まっている。

治安を守るカドレチェク家が直接抱えている魔法使い、或いは王家や教会が抱えていて、協力を要請できる魔法使いには、捜査に極めて適した魔法使いも居るのだ。

犬より鼻の利く魔法使いや、嘘を見破れる魔法使いがそれにあたる。

普通の犯罪組織程度であれば、今回ほど大規模に動けば間違いなく手掛かりが掴めるのだ。

国家規模で動く捜査網を掻い潜れるだけの計画性、組織性、魔法力となれば、これはもう最悪の場合外国勢力が国を挙げて行動していると考えるべきだろう。

「外国が絡むか」

「ってこたあ、長引きますかい？」

ただのコソ泥ではなく、外国勢力が本格的に絡むとするなら、ことは複雑化するかもしれない。

外交問題や防衛問題といった安全保障面での配慮が求められ、通商問題をはじめとした経済面での影響も懸念される。

外務閥、内務閥は、自分たちの権益に関わることであるならば積極的に介入してくるだろう。

今はまだ放火犯の捜索ということで事は軍務閥の内部だけで済んでいる。だからこそカドレチェク公爵家やモルテールン子爵家だけでも動けるのだ。

ここに横やりが入り始めると、犯人の捜索と捕縛は更に一層難航することが予想される。

「長引かせてはならない。何が起きるか分からんし、介入の危険も大きい」

諸勢力が介入すれば、それだけ解決が難しくなるこの問題。

カドレチェク家は最悪でも犯人さえ捕まえられれば面目は立つが、モルテールン家としては更に龍の卵の奪還までなければ不利益を被る。ここには明確な差があり、モルテールン家の弱みがあった。

諸勢力の介入とは、つまるところ政治的な問題になるということ。カドレチェク家の面目は守るから、解決自体は有耶無耶《うやむや》にしよう、などということもあり得るのだ。

つまり、カドレチェク家でさえ、時間が経つと安易な妥協によって政治決着を図りかねないということ。極端に言えば敵になりかねない。

「今できることといえば……」

「カドレチェク家が味方のうちに、外国勢力を想定して動くしかねえでしょうよ」

「そうだな」

最悪の最悪を想定して動く。外国が絡む可能性があるなら、それを踏まえて最大限の網を張るべき。

モルテールン家の方針は決した。

「じゃあ、後は大将の働き方一つでしょうぜ」

「……全く、面倒ごとがなくなることはないな」

モルテールン家の強みは、勿論カセロールの魔法。【瞬間移動】でき得る限りの大きな網を張る。移動速度でカセロールにかなう人間など居ないので、例え外国勢力であったとしても、対応はできるはず。そう信じるしかない。

「シイツ、〝あれ〟を持ってきてくれないか」

カセロールは、方針が決したことで部下に指示を出す。

従士長に持ってこさせたのは、ペイスの生み出した〝魔法の飴〟である。

如何にカセロールの魔法が便利とはいえ、外国勢力を想定して四方に網を張りに行くのは困難だ。魔法でひとっ飛びとはいえ、魔力は有限。【瞬間移動】で移動できる回数も、距離も、限界がある。

今回の騒動で最大限の措置、つまりは国境の全てに対策を行うとなれば、間違いなく魔力が足りない。これればかりは解決しようにも物理的に不可能。普通ならば。

だがしかし、今のモルテールン家には〝裏技〟がある。勿論、ペイスの作った〝魔法の飴〟だ。

これがあれば、カセロール自身の魔力を使うことなく【瞬間移動】が使える。

飴を食べすぎることで太りやすくなることさえ気にしなければ、これほど心強いものもないだろう。

モルテールン家の最高機密。普段は、龍金をふんだんに使って厳重に管理された部屋に保管してあるものだが、今回は大盤振る舞い。遠慮なく使うことにする。

「さて、もうひと仕事するか」

カセロールは、飴を舐めつつ【瞬間移動】した。

◇◇◇◇◇

モルテールン子爵カセロールが各地を飛び回り、放火犯の捜索に全力を挙げていたなか、騒動の申し子にしてトラブルに愛された少年から連絡が届いた。

曰く、諸々が片づいたので報告したいと。

しかし、当のカセロールが報告を聞いたのは、ペイスが王都に報告に【瞬間移動】してから大分たってのことだった。カセロール自身が飛び回っていたので、部下が報告を預かる形になったのだ。

「ペイスが戻った？」

「はい。もう既に領地に戻られましたが。無事に解決したので、詳細の報告をとのことでした」

無事に解決という言葉に、カセロールは心の底から安堵した。

自分が一生懸命飛び回っていたことも無駄でなかったのだと思えば、達成感すらある。

「少しはゆっくりしていけば良かったのだが」

「報告をされると慌ただしく帰られました」

「差し当たって、アニエスに捕まるのを嫌がったか」

「そうかもしれません」

当の問題は解決した、との第一報を受けているせいか、カセロール達の雰囲気は明るい。思わず冗談が飛び出すほどだ。

ペイスにとって、母と姉は苦手にする相手。反撃しづらいのを良いことに、とにかく構い倒すか

らだ。下手に口答えでもしようものなら、その三倍は返ってくる。かといって、手を出せるはずもない。結果、反撃もできないままに可愛がり攻撃を延々受けるという拷問が、繰り広げられるわけだ。

逃げ出すのも無理はないなと、カセロールは笑った。

「それで龍の卵を取り返したか」

モルテールン家にとって、最も重要なことはそれだ。王家献上予定品を盗まれてしまうなどあってはならない。奪還は最優先事項であり、必須事項。

それ故の家長の問いに、部下は曖昧な顔で頷いた。

「というよりは、味方も欺いて隠していたと」

「何⁉」

説明を聞くカセロールの顔は、当初険しくなっていた。

それはそうだろう。息子が自分に虚偽の報告をしていたという話なのだから。

しかし、ペイスからの伝言内容を聞けば聞くほど、やむを得ない事情が隠れていたことが明らかになる。

そもそも盗まれる前、カセロールやシイツたちが龍の卵を献上するために根回しに動いている間、ペイスはペイスでコアントロー達を使って情報を常に更新していたらしい。

シイツに次いで腹心ともいえる、或いは王都在住の間は右腕ともなるコアントローの普段の役割は、表裏にわたってのカセロールのサポートである。

そこからの情報には表ざたにできない〝裏〟の情報も含まれていたであろうことは、カセロールとしても容易に想像できる。なかには犯罪者紛いからのタレコミもあったかもしれない。

信頼度の怪しい、それでいて見過ごせない情報。普通ならば、領主への報告をもって複数人で精査しているところだ。しかし、情報を処理する能力に掛けてはモルテールン家一の天才児が居たのが幸運なのか不幸なのか。

ペイスは、カセロールたちの行っている根回しとその反応を整理したところで、情報が洩れている可能性に気づいたのだという。しかも、外国勢力の蠢動《しゅんどう》を疑った。

ただし、確証があるほどのものでもなかった。半分は、ペイスの勘のようなものだったとのこと。

カセロールは、戦場の人である。戦場では、咄嗟の判断が生死を分けることが多々あり、曖昧な情報からでも危険を察知する能力は、極めて重宝がられることを知っている。

ペイスが垣間見せた能力もそれだ。

何となくきな臭いものを感じ、良くも悪くも目立つペイスが直接動けば状況が悪化しかねない。

さりとて、部下に預けるには大きすぎる問題だし、カセロールに相談できる状況でもなかった。

故に、咄嗟の判断として龍の卵を一時的に〝隠す〟ことにしたという。

結果だけ見れば大正解だったわけで、これでは怒るに怒れない。軍人という商売は、過程も大事だが、結果のほうがもっと大事だ。過程の正しさに拘《こだわ》るあまりに、結果を台無しにしてしまうというのは、特に士官学校を出たばかりの新米指揮官には多い失敗。

どれほど正しく積み上げても、最後に結果が悪ければ、それは悪いことなのだ。

勝ちに不思議の勝ちありという言葉もあるが、勝てば官軍である。

少なくとも親馬鹿の名をほしいままにするカセロールには、十分すぎるほどの〝言い訳〟であった。ましてや、盗まれたことに関しては完全なイレギュラーだ。これに対して事前に感づき、あまつさえ咄嗟に対応して防いで見せたのだから、むしろ褒めるべきではないか。

カセロールの親馬鹿の根は深い。

「ま、終わりよければ全てよし、だな」

「そりゃまたお座なりな意見で」

部下は、若干の呆れを見せる。国一番と評判の親馬鹿。その面目躍如に、呆れたのだ。

「ペイスにまともに付き合っていては、体が幾つあっても足らん。適当が一番だ」

「はい、そうですね。そのとおりです」

そもそも、ペイスのやること為すことといちいち説明を求めていたら、頭がおかしくなる。

天才の突飛な思考は、凡人に理解することは不可能だ。

そう、カセロールは言う。

何事も、受け入れてしまえば楽だ。

今回の件も、最終的に上手く行ったのならそれでよしとする。モルテールン子爵はそう決めた。

放火犯には痛い目を見せてやり、龍の卵はそもそも取られておらず、モルテールン家は面目を施した。何の問題があるのかと、開き直ってしまった。

「それで、この卵はどうするんです？」

「まずは即刻王城に持っていく」

「ほうほう」

紆余曲折あったが、カセロールたちが行っていた根回し自体はまだ有効だ。これからは、再発防止も含めてやらねばならぬことが目白押しである。

「ことが事だけに、公爵にまず話を通さないとな」

「分かりました」

仕事はまだまだ終わらない。

慌てて動き出す屋敷の中で、カセロールはふうと溜息をつくのだった。

◇◇◇◇◇

カドレチェク公爵邸にて、モルテールン子爵カセロールはカドレチェク公爵プラエトリオと向き合っていた。

カセロールの顔色は明るい。

放火犯の目星もついたうえで、手痛い仕返しをしてやったとの報告を受け取っており、手元には龍の卵があるからだ。

ごとりとテーブルの上に置いたところで、公爵も興味深げに卵を見やる。

「ふむこれが龍の卵か」

「はい、公爵」

卵を手に持ち、いろいろな角度から眺める公爵。

手に持った鉱物のようなものには不思議な色合いと模様があり、一目で普通のものではないと分かる。

これが卵であると聞かされていなければ、間違いなく新種の鉱物の塊だと思っていたことだろう。

珍しいものをひとしきり観察したところで、カドレチェク公爵はテーブルの上に卵を戻す。

「それで、これを何故ここに？」

「実は……」

カセロールは、事の次第を説明していく。

自分たちが必死に根回しをしていた際、情報が外部に漏れ、尚且つ外国の工作員にも話が駄々洩れになっていたことや、それを限られた情報から事前に察知したペイスが一計を案じて卵を隠していたこと。危惧が当たって偽物の卵が盗まれてしまったこと。放火までされるとは思っておらず、犯人を捕まえるために大々的に動いたことなどだ。

最終的に外務閥重鎮が出張り、落としどころを作って戦争を回避できたことも踏まえ、包み隠さず報告する。

「なるほど。そのような経緯があったのか」

「ええ。息子が張り切った……張り切りすぎたようです」

ペイスが張り切ったのは、外交交渉において裏をかくこと。

外務閥を相手にしつつも、放火犯である聖国の魔法使いに痛い目を見せた。

これはこれでモルテールン家からすれば上々の結果ではあるが、見方を変えればモルテールン家以外をコケにしまくった結果でもある。

真実は近いうちにバレるはずだ。偽物を摑まされた聖国が、赤っ恥を掻かされたことに憤り、何がしかの報復を画策しないとも限らない。

勿論、物を盗みやがった聖国に非があるのは明らかなのだが、それはそれとしても聖国からすれば国益に直結する重大事項である。そう簡単に諦めはしないだろう。

「となると、また外務閥にしゃしゃり出てこられても癪《しゃく》だな」

「はあ」

公爵の悩みは深い。

軍務閥の長として、王都を荒らした賊が外国からの侵入者であった点がまず拙い点。国境の警備は四伯をはじめとする地方閥が行っているわけだが、軍人が無関係という訳でもないからだ。簡単に外国の工作員に侵入され、国の内部で好き放題活動されては治安維持もへったくれもない。

そして王都という最も治安が良くなくてはならない場所で暗躍された点。これも、治安維持を担う責任者としては恥じ入るべきことだろう。

王都で一定以上の武力を持ち、好き勝手に動かせるのは中央軍だけであるべきなのだ。今回の件で図らずも明らかになった外国勢力の浸透。これが思った以上に根深い問題であるのは言を俟《ま》たない。対策の責任者は当然カドレチェク公爵自身がやるつもりだが、外国が絡めば問題は複雑化する懸念がある。

さらに、犯人を国境間際まで逃がしていたこと。これなどはモルテールン家の迅速な手配がなければ間違いなく逃がしていた。軍家閥全体としては面目を施したとしても、カドレチェク家単体としてみれば顔に泥を塗られたに近い。手配したことが全て無駄だったとなれば、泥どころの話で済まないかもしれない。

ならば塗られた泥を拭う為にも、一軍を率いて懲罰に向かうのが常道なのだが、相手が外国勢力となると、これはまず間違いなく待ったが掛かるだろう。

軍事費の突発的な増大を嫌がる内務閥、外交関係がズタボロに荒らされる外務閥、交易が途絶えることで不景気になる地方閥、どれもが敵に回る。国の総力を挙げて、とやるには問題が多すぎるだろう。

特に厄介なのは、外務閥。

外国が絡むだけに強硬に主導権を取ろうとしてくるだろうし、実際問題モルテールン家と聖国の間に立って仲裁に入った実績があるのだ。引き続き、この問題に首を突っ込みたがることだろう。

「検問を敷いたという手前、それが無意味でした、という揚げ足を取られることは避けたい」

カドレチェク家としては、いや中央軍の大将としては、軍を動かした以上は成果が要る。

龍の卵を取り返したのだと主張するのは容易い。しかし、実態としてはどうか。

卵はそもそもペイスの機転で守られていて、カドレチェク公爵は無駄に軍を動かしただけだ。その上王都の検問を敷いたにもかかわらず、賊には逃げられている。結局最後は外務閥が出てきて落としどころを作った。

公爵としては良い所なしである。恨み言の一つも言いたいところだ。

「では、こういうのはどうでしょう」

「ん？」

カセロールは、カドレチェク公爵の懸念を十分に理解したうえで、一つの提案を持ち出す。知恵袋は勿論彼の息子である。

今回の件が、モルテールン家のみならず、カドレチェク家を含めた軍家閥のメリットになる策があると言い出した。

これには公爵としても身を乗り出して聞くしかない。

「〝卵が盗まれた〟という噂と、〝卵は我々が持っている〟という噂、そして〝卵はカドレチェク公爵が持っている〟という噂、それぞれを流すのです」

相反する複数の噂を、一斉に流すという策。

それにどんな意味があるのかと、公爵は首を傾げる。

「その心は？」

「検問を敷いたのは、外国勢力や獅子身中の虫を一掃する策謀の一環」

「……ほう、面白い」

少し考え込んで内容を理解したプラエトリオは、よく考えられた策であると大きく頷いた。

元々、検問を敷いたのが無駄足だったからこそカドレチェク公爵の面目が潰れるのだ。

しかし、この検問が無駄になることをそもそも想定していたとするなら話は変わる。

筋書きはこうだ。

元々国内に外国勢力のスパイが蔓延り、宮廷の中にも工作員の影響を受けた貴族が居ることを疑っていたカドレチェク公爵が、モルテールン家の放火をきっかけに確信を持ち、腐った膿《うみ》を絞り出す為に一芝居うったことにする。

幸いにして今は検問を敷いている。外国のスパイが王都に居るが、今は尻尾を出していない。しかし、逃げられもしない。

ここで、複数の相反する情報をいろいろなルートで流してみる。

こっそりと底に沈んで隠れている泥を、掻きまわすことで見えるようにしようという策なのだ。

複数の人間に、それぞれ違った情報を流す。そのうえで、外国人スパイがどう動くかを見る。

Aにはカドレチェク家が卵を持っていると言い、Bにはモルテールン家が卵を持っていると言う。

これでカドレチェク家が狙われればAが外国と繋がっているし、モルテールン家が狙われればBがスパイだ。両方狙われれば、AとBの両方が怪しい。

斯様《かよう》に情報を攪乱させて、スパイを一斉に炙り出そうという作戦。

聖国の人間が偽物の卵を本物と勘違いしている今だからこそ、情報の真偽を確かめようとするなら確実に工作員が動く。

上手くすれば、一網打尽にできるではないか。

「それならば、本物はモルテールン卿に預けよう。ああ、そういえば中央軍の第二大隊は御身の指揮下にある。そのまま預ける故、有効に使うと良い。それらしく護衛しているように見えるであろう」

「分かりました」

本物をモルテールン家が持っているということは、ここだけの秘密になる。

カセロールは、改めて龍の卵を慎重に抱えた。

◇◇◇◇◇

モルテールン家王都別邸。

無駄に年季の入った執務机の前、愛用の椅子に深く腰を沈め、呟くようにカセロールは言った。

「ということで、これを改めて預かってきた」

執務机に置かれ、鎮座ましますのは龍の卵である。

存在感たっぷりに御座《おわ》し賜《たま》う物体は、ここしばらく世間を賑わし、モルテールン家を振り回しくさったトラブルの塊だ。

少なくとも、カセロールの傍に居たシイツにはそう見えている。

「……面倒ごとが増えてやしませんかね？」

龍の卵を預かるとして持ち帰ったことに、遠回しの苦言を呈する。

「仕方ないだろう。懸念事項を解決するためだ」

これも、全ては政治的な配慮だ。

今ここに龍の卵があるというのは、限られた者しか知らない。盗まれたときのように、モルテールン家だけで守っているわけではない。敷地内外に公然と中央軍の騎士たちが詰めている。情報攪乱にはカドレチェク家も噛んでいるし、これ以上ないほどに厳重に守られていた。

そも、王都に外国の工作員が浸透していて、かつ王宮にも根を張っているというのは好ましくない。ましてや、明確にモルテールン家を敵対視して放火までしてくるとあっては、ここらで根から一掃しておくのは必然ともいえる。

その為に、カドレチェク家の面目を立てるためという建前を用意して、ペイスが策を立てたのだ。

ここで面倒ごとを抱え込むぐらいは、親としても領主としても、或いは当主としても、度量の見せ所である。

「まあ、大将が決めたんなら俺らがどうこう言うこっちゃねえですが」

「世話を掛けるな」

「全くで。世話が焼けますさあ」

カセロールの言葉に、全面的に同意したシイツ。

やれやれ、世話が焼けると、肩をすくめる従士長。顔は半笑いなので揶揄い半分なのだろう。

「おいおい、そこは〝そうでもないです〟だとか〝これぐらいはお安い御用〟というところじゃないのか？」

「事実でしょうが」

「全く、ペイスといいお前といい、うちには私を労わらない人間が多すぎる」

肩の荷が軽くなったおかげだろう。カセロールもシイツの冗談に笑うだけの余裕を見せた。

「坊と一緒にしねえでくだせえ。ありゃ労わるどころか心労を投げつけてくる人間ですぜ？」

「……そうだな、そうだった」

「今回の騒動も、元はと言やあ坊のせいでしょうが」

今回の騒動の大本が誰のせいであるか。シイツなどに言わせれば、間違いなくペイスのせいだ。

勿論、生まれたときから可愛がってきた我が子も同然の次期領主であるが、それはそれとして、荷馬車で運ぶが如く大量の厄介ごとを持ってくる才能に関して、他の追随を許さないのは事実であると断言した。

「確かにそうだ。しかし、ドラゴンが出てきたことはペイスのせいでもないし、天災のようなものだろう」

何百年に一度あるかどうかという伝説上の生き物について、これを流石にペイスのせいだというのは厳しい。事情を知るだけに、カセロールとしてはそこは息子を擁護《ようご》してやりたい。

「親はそう言いますがね。周りはそうは思わねえって話で。あれだけ騒動に巻き込まれる坊ですぜ？　へんな方向に神様のご加護ってやつがあるのかもしれねえって」

元来無神論者のシイツの口から神様のことが出るなど、珍しいことだ。驚くのは長い付き合いのカセロールだ。

「お前、えらく敬虔になったな」

「俺が思ってるんじゃねえですよ。他所の連中がそう思うだろうって話でさあ」

シイツは、自分が敬虔な信者になって神に信仰を捧げるようになったわけではないと言い切った。孤児の時代に、神様を拝んだところで腹は膨れないと捻くれて育ったせいだろう。

シイツは、自分ではなく他人がどう思うかが重要だという。それもまた道理である。

モルテールン家は元々カセロールが興した家だ。初代からして魔法使い。それも、有用さについては誰しもが理解する、余人垂涎《すいぜん》の魔法を使う稀代の英雄。そして、次代もまた魔法を使う。二代続けて魔法を使えるとなると、モルテールン家は神のご加護があるのだ、と考える人間が出るのは当然だ。カセロールとしてもその手の話は社交場で何度も言われている。

そもそもこの世界の信仰は魔法とも関わりが深く、魔法こそ神の御業《みわざ》とする説法もあるほどだ。魔法使いが二代続けてとなると、神のご加護と信じる気持ちも分からなくもない。

しかし、恵まれすぎる存在というのは、得てして嫉妬や蔑視を受けやすくもある。モルテールン家が神に愛されているという発想が出るのならば、同じくモルテールン家はトラブルに愛されているという発想が出てくるもの。祝福を与えられた存在と見るか、呪詛《じゅそ》を与えられた存在と見るか、表裏一体のような発想であり、根っこの部分は全く同じものである。

モルテールン家の受ける恩恵が大きくなればなるほど、厄介ごとを惹きつけている、面倒ごとはモルテールン家のせいだ、とみる向きは大きくなる。

むしろ、そうであってほしいという願望だろうか。

モルテールン家だけが恵まれているのだと思うよりは、モルテールン家こそ災難だと蔑むほうが、精神衛生を健全に保てる類の人間が少なからずいるのだ。

「ああ、なるほど」

常日頃から嫉視《しっし》に堪えてきたカセロールは、心から理解したと強く頷く。

「今回の龍の卵のこともそうですが、どうあっても普通とは縁遠いようで。特に坊が」

カセロールはカセロールで騒動の渦中にいることの多い人間だが、流石に息子程ではない。ペイスの異常っぷりは、枚挙に暇がないのだ。普通という言葉の一番似合わない存在であろう。

「我が息子は生まれ持っての英雄なのだろうな」

息子のこととなると途端に自慢げになるカセロール。

ペイス当人の前では厳しい父親たる姿勢を守ろうとしているが、本人がいなければこんなものだ。

初めて生まれた男児である。目に入れても痛くないほど可愛がってきたし、ペイス自身もカセロールには敬意と愛情をもって懐《なつ》いてくれている。

これで親馬鹿になるなと言うほうが無理だ。

まして、客観的に見ても素晴らしい才能の塊である。親の贔屓目《ひいきめ》が合わされれば、無敵の馬鹿親が一丁上がりだ。

「出たね、親馬鹿が」

カセロールの親馬鹿っぷりは、長女のビビのときから変わらない。

長い付き合いのシイツは心得たもので、軽く受け流す。

「とりあえず、英雄の父親としては、息子にだけ頑張らせるわけにもいかん。うちが災難続きだと言われるならばそれはそれで利用し甲斐《がい》もあるというものだろう」

「へいへい」

カセロールもペイスに影響され、したたかさが増してきているらしい。

頼もしいとみるかどうかは人によるだろうと、シイツは肩をすくめた。

「何にせよ、大事なのはこれだ」

こつん、と卵を叩くカセロール。

「この卵を〝最重要機密〟として〝秘密の金庫〟に仕舞っておいてくれ」

「あいよ」

龍の卵を、モルテールン家で一番厳重に守られる部屋に置く。

宝物庫のような扱いであり、魔法対策もしっかり為された部屋。先の放火窃盗事件の後、急遽防火対策まで追加された鉄壁の部屋である。下手な高位貴族の宝物庫より厳重だ。

「後は、金庫を置いてある部屋には、お前とコアンが交代で詰めてくれ」

「そりゃまた厳重で」

「一度あったことが、二度起きないとは限らない。備えるべきだろう」

「道理ですぜ」

厳重な管理のされた部屋で、さらにしっかりと守られた金庫を置き、絶対に信頼のおける人間だけで一切目を離さず見張る。これ以上は望めない形での、最高の防犯体制を敷く。

そして、金庫の中にはモルテールン家の機密を纏めておくつもりだ。

目下モルテールン家には機密がたくさんあるが、最上級機密として、何が何でも守り通さねばならない秘密は三つ。

一つは、ペイスが他人の魔法を【転写】して自分のものにできること。

もう一つは、一般人でも魔法が使えるようになってしまう魔法の飴の製法と現物。

そして最後の一つが、龍の卵の存在だ。

ペイス自身の秘密については別にして、魔法の飴や龍の卵のような〝漏れてはならない〟ものは、一か所に集めて管理するに限る。

「アニエスにも手伝わせるし、勿論私も詰める。確実に信頼できる者だけの、三交代で行こう」

「分かりやした」

シイツは、カセロールの指示に気持ちよく頷いた。

◇◇◇◇◇

カドレチェク公爵旗下中央軍の精鋭部隊が動き出してより間もなく。

情報を積極的に攪乱させた甲斐があり、聖国の諜報員が次々に捕まったとの知らせがあった。モルテールン家から盗み出し、上手く聖国に持ち出せたはずの龍の卵が、実はカドレチェク家にある。いや、モルテールン家が偽物を掴ませ本物を隠していたのだ。そんなはずはない、間違いなく龍の卵は聖国内に持ち込まれた。元々卵など存在していなかったのだ。などなど。真偽不明の怪情報が非常に多く飛び交い、そしてまたどの噂も真実味を増すような体制が採られていたのだ。

勿論、これはモルテールン家の麒麟児がそっと耳打ちし、カドレチェク家が行った策謀の一環である。大山鳴動して鼠一匹であれば、大騒ぎしたカドレチェク家や中央軍の軍家は軒並み恥ずかしい思いをする。しかし、これが大捕り物の作戦の一環であったとするならば、味方が右往左往することも含めて作戦だったと言い張れるのだ。

そして、実際に味方さえ振り回された情報に、聖国の諜報員がものの見事に引っかかった。

一人引っかかれば、それを手がかりとして次から次に連鎖して工作員や諜報員が見つかる。

「芋づる式だな」

「策謀成功ってことですかい？」

「そうなるのだろうな」

転んでもタダで起きないのがペイスの流儀。モルテールン家のお家芸である。

放火犯を捕まえるために中央軍を大々的に動かし、それが無駄足であったと悟るや、より大きな策謀の一部として利用してしまったのだから聖国人諜報員には可哀相な話だ。

「それで、卵は無事だろうな」

「そりゃもう。俺らがしっかり見張ってましたんで」

目下、龍の卵はモルテールン家が保管している。不安定な情勢下では持っているだけでも危険だが、時間はモルテールン家に味方している状況である。

聖国の諜報員が王都から一掃され、繋がりのあった宮廷貴族も大方捕まり、モルテールン家としては安心できる状況になりつつあった。

治安に不安がなくなりつつあるというなら、そろそろ王家へ改めて献上することになるわけだ。いつまでも抱え込んでいても仕方がないし、そもそも持っていること自体がトラブルの元になりかねないからこそ献上するのだ。

もう二度と盗まれるようなことがあってはならないと、カセロールはじめモルテールン家総動員で厳重警戒態勢にあたっていた。

これで盗めるならば最早何をしても盗まれる運命だったと諦められるほどの警備。そう自負するシイツとしても、卵は無事だと力強く頷いた。

「一応、明日の為に確認しておくか」

「お、明日に決まったんですかい」

再度の献上について、いろいろと根回しに動いていた結果が届いたのだろう。登城は明日に決まったとカセロールは言う。

「ああ。早いほうが良いと陛下がおっしゃったそうだ」

「そりゃ重畳」

カセロールの働きかけも勿論ながら、今までの根回しもあって今回ばかりは国王も動いた。早ければ早いほど他所の介入や不測の事態は少なくなるだろうと、諸々の雑事を全て後回しにして、最優先で国王陛下が予定を開けてくれたのだ。忠臣モルテールン卿は、感動すら覚えている。

ここに至っては、卵を最後まで届けるのに、最終確認をすべき。

カセロールがそう決めたことで、早速とばかりに人が動き始める。特に忙しく動き出したのは、普段はカセロールの部下となって動く中央軍第二大隊の連中だ。

騎士として、カセロールの周りをこれでもかと見せつけるように取り囲む第二大隊の面々。これもすべて護衛の為だ。

屋敷内で護衛している何人もの騎士に守られつつ、金庫のある部屋に来たカセロールは、部屋の前に騎士たちを立たせて部屋に入る。そして見張りをしていたコアントローに声を掛けた。

「コアン、ご苦労だな」

カセロールが来たことで何処か安堵した表情を見せたコアントローが、カセロールに軽く会釈する。

「卵は無事だろうな？」

「はい」

「そうか。良かった」

勿論、ここまで厳重に二十四時間体制でがっちり守っているのだから無事だとは思っていても、一度盗まれたからには不安は尽きない。自分の目で見なければ、確実とは言えないとカセロールは考える。

「金庫を開けるから、警戒を頼むぞ」

「分かりました」

卵の確認のためとはいえ、金庫を開けるとなると若干ながら防備が薄くなる。無防備とは言わないが、盗み出すとすればここがチャンスなのは間違いない。

より一層の警戒と共に金庫を開けるカセロール。

「良かった、卵は無事だな」

魔法の飴や、龍金の塊などといった機密指定重要物と共に、龍の卵は在った。間違いなく存在していた。

それは大きな安堵を生む。

しかし、すぐにもカセロールは不審な点に気がついた。

「……鋳が入ってる？」

三階から堅い地面に落とそうが、大きな金づちで力いっぱい叩こうが、一切傷がつかなかったという龍の卵。

勿論それを試しやがったのはペイスであり、カセロールやシイツは頭を抱えた情報ではあるが、それだけに出所は確かな話。

不壊というならこれほど適したものはない頑丈な卵に罅がある。

これは、何かあったのかと身構えるカセロール。

その間にも罅は、どんどん大きくなっていく。

魔法使いであるカセロールは気づいた。龍金製の金庫の蓋を開けたときから、周囲の魔力がどんどん卵に吸い込まれていっていることに。

元より、貴重品を保管する部屋には龍金も軽金もたっぷりと贅沢に使ってあり、魔力はふんだんに蓄えられていたはず。蓄えられた魔力がすっからかんになる勢いでぐんぐんと、掃除機の如く吸い込み続ける卵。

そして、いよいよ罅が卵の全周に至った時。

カセロールは我が目を疑う光景を目にする。

「ピヨ」

中からは可愛らしい龍の幼生が生まれたのだった。

あとがき

いよいよ、おかしな転生も十七巻となりました。

毎度あとがきで書くことに頭を悩ませるわけですが、最初にお伝えすることだけは決まっています。

読者の皆様、そして関係各位に対し心からお礼申し上げます。おかげさまでこうして十七冊目を出すことが出来ました。感謝いたします。

ありがとうございます。


尚、このあとがきなんですが緊急事態宣言下で書いてます。

本当に大変な社会情勢になっていると思いつつ、キーボードを叩いているわけでして。

希望を書き置くとするなら、一日も早く明るい社会になって欲しいと思う次第です。本気でそう思います。


さて、この十七巻。

ドラゴンの卵が孵るところまでを書きました。

実際、伝説上の生き物とはいえ一匹居りゃ繁殖もしてるだろ、という発想で書いてます。前にもどこかで書いた気がしてますが、ドラゴンの存在自体は結構前から伏線を張ってました。

いよいよ出せたことで、ファンタジーっぽさがより強くなったかなと思います。

お菓子については、卵に合わせてプリンが登場。

ここだけの内緒話ですが、当初のアイデア出しでは龍の卵を食べてしまうというのもありました。ドラゴンの卵を食べることでうんぬんかんぬんとやらかすのも面白そうだというネタだったんですが、流石に味の想像がつかずに難航した為ボツにしたという経緯があります。

普通の卵でも、プリンは美味しいですよ。ね？


そして、赤ちゃんドラゴンですよ。

卵を出した時点でひと騒動もふた騒動も有るだろう、という予想はされていたと思いますが、赤ん坊ドラゴンともなれば更に倍でドンってなもんです。

卵というだけなら無精卵の可能性もあったわけですが、赤ちゃんが産まれたことで〝ドラゴンを繁殖させられる可能性〟が出てきた。

どう考えても、普通で終わりそうもない特大の爆弾なわけですが、我らがペイスはきっと面白いことをしてくれるはずです。


今後も実に書き甲斐のあるおかしな転生。

これからも引き続き、応援していただければ嬉しいです。

令和三年一月吉日　古流望

comicコロナの最新話を先読み！

おかしな転生

コミカライズ

第29話

原作：古流 望
漫画：飯田せりこ
キャラクター原案：珠梨やすゆき
脚本：富沢みどり

TREAT OF REINCARNATION

10数時間前…
ザッ
ザッ
ワー
ワー

ワァァァ
近衛兵による市内パレードが行われた
盛況ですなぁ!!

モルテールン卿の
御身の安全は
私が守りますので
大船に乗ったつもりで
ご安心くだされ!!
先日の手紙の通り―
ラツェンプル
金欠騎士爵

無理押しで護衛につくと言い張り
不要と断っているのにもかかわらず
金欠騎士は周囲にへばりついていた
我々もお守りいたします
左様ですな
閣下の御身は
国の宝ですゆえ！
しかし信用できる者は少なく
モルテールン家の人間は
ピリピリしていた
ひとりを除いて…
いやあ～
壮観ですね
父様

ペイス
お前はもう少し警戒というものをだな…
王都の衆人環視の中でそうそう襲われることもないでしょう
今から気を張って疲れてしまえば舞踏会まで持ちません
ザワ
ザワ
おそらくそういった部分も〝誰か〟の思惑の内なのでしょう
面倒な話だ

おい
あいつ…
カセロール
ああ
間違いない

流石ですね
もう何か
見つけましたか？
ああ
2年ほど前から
南部の辺りに逃げたと
言われていた盗賊だ
賞金額はたしか…
300クラウン
盗賊

おお!!
噂通りではないか
まさしくあいつこそ
手配中の賞金首だ
ドダッ
者ども
かかれ!!

何だ？
うわぁ
そうきましたか
気を付けろ
何か始まったぞ
ドドドド
ええい平民ども
そこをどかぬか
ドドドドド

ふーっ
ふーっ
ドドドドドドド
はあっ
はあっ
はあっ
周りを囲め!!
絶対に
余所の人間を
近づけるなよ

どうやら賞金首が出没するという情報が漏れていたようですね
あるいはあの賞金首は誰かが飼っていた手駒なのかも
後者だろうな
見ろ あの様子
衰弱し切った人間の走り方だ
長い間鎖に繋がれていたところを何者かの思惑で放り出されたのだろう

そっちへ行ったぞ
追い詰めるのだ!!
わあああああ
あれは
そのうち捕まるな
ですね

何もなければ捕まっておしまい
あっけなさすぎる気もします
もしかしたら 本当に偶然だったとか？
さて どうだろうな
警戒だけは怠るな
いざという時は転移して逃げる
了解です
ザワ
ザワ
ばっ

パサ
ぶわっ
うっ
なんだこの匂い
め 目が痛い
苦しい

くそっ
何だこれは
ワーー
ワーー
この匂いは
ガエン狩りを
した時と同じ
ゴホッ
こりゃもしかして
ハカラですかい!?
ゴホッ

しかも何かの薬品に
漬けていたのだろうか
やけに喉に絡む煙だ
全員
この煙を
吸うな
ゲほ
ゲほ
ケホッ
全員 目を瞑って
しゃがみなさい!!

お嬢様
こっちへ!!
ワー
ワー
ヒヒーン!!
一旦退くぞ
ワァァ
…ええ
押さえつけろ!!
ヒュッ

大丈夫か⁉
ペイス！
ゴホッ
喉をやられました
ゴホッ
……
他のみんなは？
ゲほ
ゲほ
似たようなものだ
私も喉と目をやられた
さっきから右目だけ
涙が止まらん

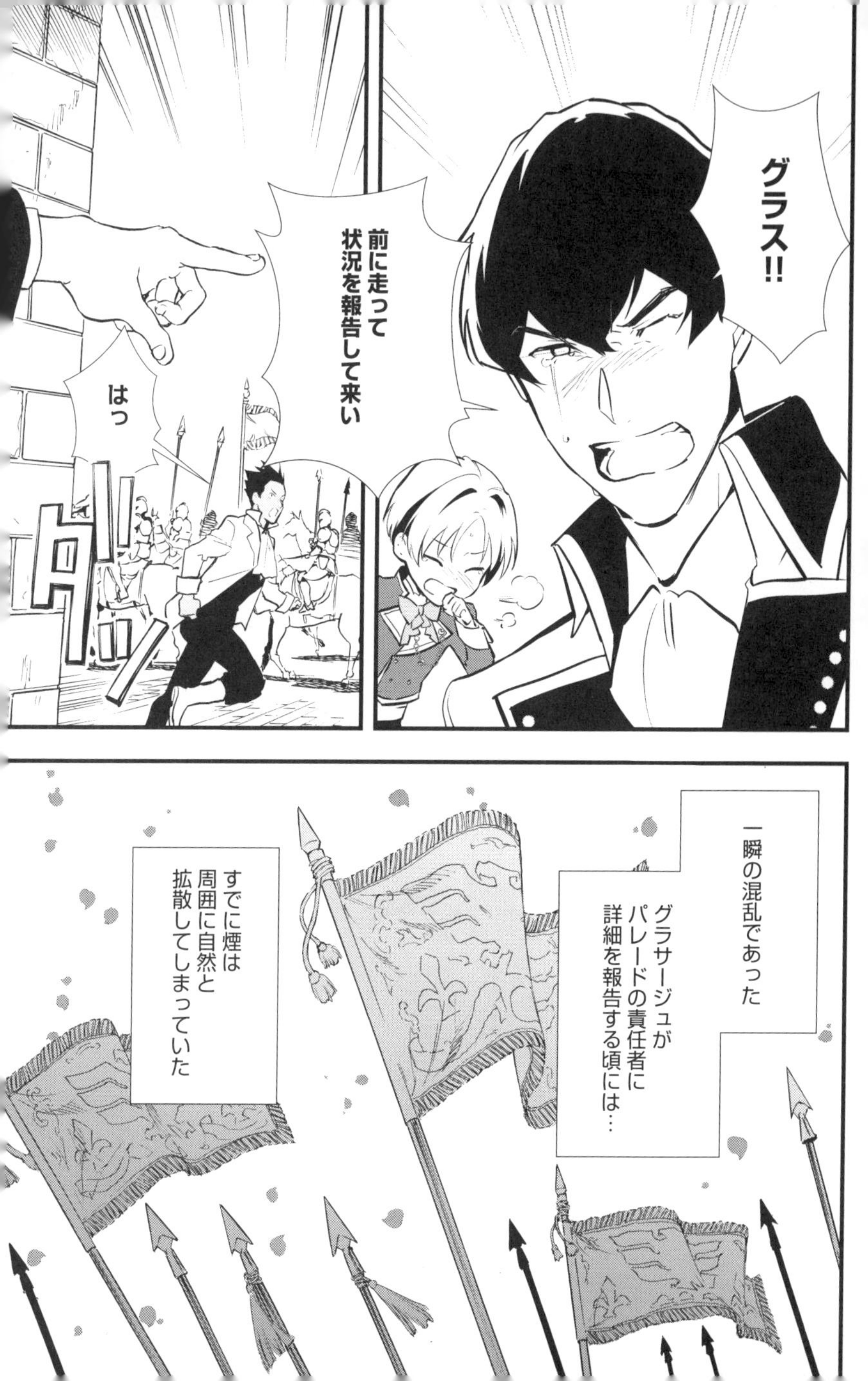
グラス!!
前に走って
状況を報告して来い
はっ
一瞬の混乱であった
グラサージュが
パレードの責任者に
詳細を報告する頃には…
すでに煙は
周囲に自然と
拡散してしまっていた

オオオオオ
やったぞおお
賞金300クラウンは
もらったああ
盗賊は 金欠騎士をはじめとする
例の取り巻き連中が
捕まえたとのことだった

報告を聞いた
パレードの責任者たちは
些事《さじ》に拘《こだわ》らずパレードを
続けることを決めた
そして…
ヘッ
ば…馬鹿な…
あれで踊れるはずが…
まして歌など
歌えるはずがない…!

信じられん
ギリッ

貴重な手駒を
使い潰し
金に困った連中を
焚きつけ
自分に疑いの目が向かぬよう
細心の注意を払って
準備した
そして事故を装い
余興を台無しにして
しまう作戦だった
この計画は
完璧だったはず…
なのになぜ…！

くっ…
ふむ…素晴らしい踊りではないか
お褒めいただき光栄です
報告を聞く限りでは捕り物の際に目や鼻を痛めた者が多かったそうだな
お前たちは渦中にいたとも聞いている
息子やらも目鼻や喉を痛めていたはずだが…
とても喉を潰された者の演技とは思えん

同感でございます
かくいう私も
喉を痛めておりましたが
息子の準備しておりました
これのおかげで 何とか
この通り回復しました
スッ
ほう
これは…？

砂糖菓子か？
はい
息子が申しますには
のど飴というものだ
そうです
口内や喉の炎症の
症状緩和に効果が
あるとか
実際の効果のほどは
ご覧の通りです
国王カリソンは驚いた
単なる飴が
薬効まで持っている
ことに

ほう
この少年は
転んでもタダで起きるような
殊勝な優等生ではない
むしろ この手の妨害工作を
事前に察知し
商品価値の向上と宣伝に使う
したたかさを持っている

それは
父親とて同じだった
バ
バ
おお!
なるほど
お前が親馬鹿になるのも
うなずける
はっ
よくできた
息子であると
思っております

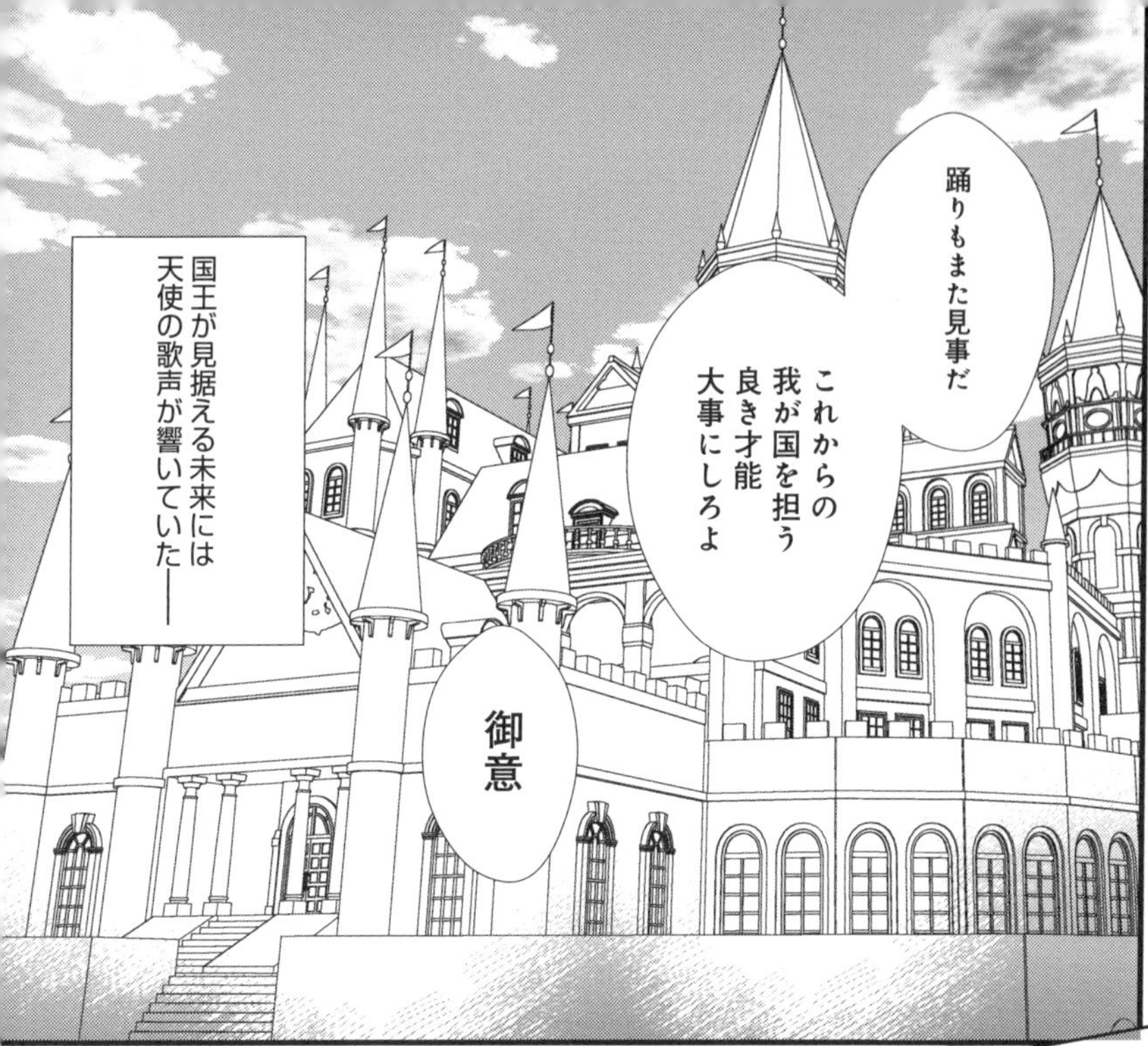
踊りもまた見事だ
これからの我が国を担う良き才能大事にしろよ
御意
国王が見据える未来には天使の歌声が響いていた――

――秋の始まり
モルテールン

ワイ
ワイ
さあさあ張った張った！
今回の1班は新顔もいます！
トバイアムの息子アーラッチ！初参加倍率5対1です
父親譲りの体格を活かすことができるのか！
ドーン!!
おいどれにする？
おれは2班だ
俺は1班

2班は去年のエース
ルミニートがリーダー！
うしし
まかしとけ！
彼女の素早い動きは
優勝候補に挙げるには
十分でしょう！
倍率は4対3と
最も人気
3班にはグラサージュの息子
ラミトがいます！
今年こそ
妹には負けん
グラサージュの跡を継ぐと
公言している彼
アイドリハッパ家の威信と
兄のプライドをかけて
気合十分です！

現在 恋人募集中！
若様 それって今 関係ないですよね
どっ!!
4班には おなじみ マルカルロがいます
最近めきめき剣の腕を 伸ばしている彼は スタートダッシュが上手くいけば 十分に優勝を狙えるでしょう！
倍率は3対2と 2番人気
手堅く稼ぎたい人には 狙い目です

マルク
期待していますよ!
おう
任せとけ!
さあ
はったはった
準備はいいですか?
それでは
豆狩り競争
スタートです!
続きは
CORONA EX
コロナEX
TObooks
にてお楽しみください!

ーズ累計120万部突破!（紙+電子）

TO JUNIOR-BUNKO

※第4巻カバーイラスト

イラスト：kaworu

TOジュニア文庫第4巻
2023年9月1日発売!

NOVELS

※第24巻カバーイラスト

イラスト：珠梨やすゆき

原作小説第25巻
2023年秋発売!

COMICS

※第10巻カバーイラスト

漫画：飯田せりこ

コミックス第10巻
2023年8月15日発売!

SPIN-OFF

※WEB連載バナー

漫画：桐井

スピンオフ漫画第1巻
「おかしな転生~リコリス・ダイアリー~」
2023年9月15日発売!

小説
第14巻
2023年 秋
発売！
シリーズ累計
120万部
突破！
（紙＋電子）
TVアニメ放送開始！
帝国物語
餅月 望——著
Gilse——イラスト
式HPへ！
原作HP
TVアニメHP

(第17巻)
おかしな転生XVII
復活の卵〜イースター・エッグ〜

2021年4月 1日 第1刷発行
2023年6月20日 第2刷発行

著　者　古流 望

発行者　本田武市

発行所　TOブックス
〒150-0002
東京都渋谷区渋谷三丁目1番1号　PMO渋谷Ⅱ　11階
TEL 0120-933-772(営業フリーダイヤル)
FAX 050-3156-0508
印刷・製本　中央精版印刷株式会社

ISBN978-4-86699-167-2

Printed in Japan